世界文學
經典名作

# 鐵路邊的孩子

## THE RAILWAY CHILDREN
## EDITH NESBIT

伊迪絲・內斯比特 著
楊玉娘 譯

# 前言

《鐵路邊的孩子》（The Railway Children）是一九〇六年英國女作家伊迪絲・尼斯比特發表的作品。本書出版後，廣受英、美讀者的好評，且由BBC電視台的製作成影集後，大受歡迎！

三根煙囪屋子裡的那三個可愛的孩子，原本住在一棟有許多傭人服侍的「具有現代化設備」的房子，在一個夜晚，兩個神秘客悄然來訪後，不久爸爸就莫名其妙地失蹤了，然後他們就搬到了有三根煙囪的家……從此媽媽變得神秘兮兮，而且終日憂戚，總是待在房間裡寫著東西……

貝兒、彼得、菲莉絲在新家第一次目睹了一整列的火車，感覺與自己是那麼的貼近，而深深地迷戀上火車，並且和火車站長、火車上的老紳士、搬運工人以及很多人，成爲好朋友。

三個孩子非常懂事，他們學會了打理自己的主活，幫助媽媽理家。鄉間的生活一點也不沉悶，到處都有新奇的事情等待他們發現，而且當地人很友善，孩子們與站長、搬運工、火車司機都交上了朋友。最令他們著迷的是鐵路和火車，他們幾乎天天到鐵路邊玩耍。他們知道每一趟車的正點時間，其中何一趟是開往倫敦的列車，每天上午九點十五分經過，他們管它叫「綠色龍」。有一天，菲莉絲說，「綠色龍」要到倫敦爸爸那兒去，向它招手吧，它會把他們的愛帶給爸爸。貝兒和彼得覺得這個主意很好。於是，三個孩子就在火車經過時，站在柵欄上揮動手帕。令他們驚奇的是，在頭等車廂裏竟然有一隻手伸出來揮動回答他們！那是一位老先生，他手裏還拿著一張報紙。

從此以後，相互揮手就成了孩子們和九點十五分火車之間的慣例。那位老先生的出現，也徹底改變了他們的生活。他們在那裡做了許多有意義，甚至稱得上是偉大的事情。例如，從失火的船艙中救出了熟睡中的小嬰兒，進入隧道中救出跌斷了腿的紅衣獵犬少年。最了不起的應該算是他們竟能臨危不亂，急中生智地及時搶救了一整列火車的乘客性命，也接受了熱烈的表揚。故事的結尾更是溫馨動人，請讀者慢慢欣賞吧！

故事中古老的蒸汽火車頭；沒有電器用的鄉村房舍；穿著襯裙、手編襪的女孩們；有男子氣概，卻又愛出風頭、惡作劇的小男生彼得，他們的悲苦，他們善良的赤子之心，與充滿童稚的機智對話，穿越時空，緊緊扣住了我們的心弦。

伊迪絲常常脫離故事，直接與讀者對話，此爲本書的特色，也是魅力所在，更難得的是，讓我們見識到了具有「英國兒童文學先驅者」美譽的作者的不凡功力。

本書附有生動的原畫插圖。畫家契爾司．E．布拉吉，和伊迪絲爲親密的工作夥伴，以《卡力巴遊記》的插圖聞名。藉著這些細緻的插圖，讀者們或許更能想像這些孩子們可愛的身影吧！

# 目錄
CONTENTS

# 第一章　緣起

孩子們並非一開始就迷上了鐵路。以前，鐵路對他們而言，可能只不過是看默劇，上動物園，參觀蠟像館等地所必需的一項交通工具罷了。他們是不折不扣，住在郊外的孩子。

房子入口的正面貼有紅磚，玄關的門上鑲著有色玻璃，有鋪著磁磚的走廊，可流出冷熱水的浴室，電鈴，法國式窗台，牆上則覆蓋著白漆。套句房屋業者的話來說，就是「具備所有現代化的設備」。在這一棟不折不扣的郊外房屋中，孩子們和父母親住在一起。

三個孩子裡，蘿貝年紀最大。當然，做母親的是絕不會挑選自己孩子的，但是若假設母親眞的會這麼做，那麼那個孩子可能就是蘿貝吧！再來則是彼得，他希望長大後可以成爲一名工程師。最小的是菲莉絲，她是個十分乖巧的女孩子。

母親並非一個一年到頭，不是拜訪那些無聊女友，就是接待無聊女友來訪，以此打發時間的無聊女性。她大多數的時間都待在家裡，她常常陪孩子玩耍，唸書給他們聽，教他們寫作業。不僅如此，她還時常利用孩子們上學的時間寫故事，並在吃點心時朗讀給孩子聽；在孩子們的生日，或是爲新來的小狗取名字，描繪娃娃屋，某人的扁桃腺發炎痊癒了等重大日子時，母親也總是會作詩慶祝。

這三個幸運兒的生活，眞可說是應有盡有。漂亮的衣服，溫暖的火爐，貼著可愛壁紙，玩具堆積如山的美麗房間。還有一隻由孩子負責飼養，名叫詹姆士，溫馴又活潑的小狗。

此外，他們更有一位十全十美的父親——從不發怒，從不偏心，常常和他們一起玩耍。即使偶爾他實在抽不出時間來，也一定是有充分的理由。父親一定會讓孩子明白這眞的是不得已，並用趣味的方式解釋。

到目前爲止，你一定認爲他們實在太幸福了，是嗎？的確如此。

然而，在他們這種夢幻式的快樂生活即將結束，必須開始經歷另一種截然不同的生活之前，他們從來不曾感受到自己是多麼地幸運。

可怕的變故突然降臨了。

那是彼得的生日——第十次生日。在所有的禮物當中，有一輛難以想像，唯妙唯肖的火車頭，雖然其他的禮物也很迷人，但是和那火車頭一比就不免黯然失色。它完全擄獲了彼得的心。

火車頭的魅力總共持續了三天。當時不知道是因爲彼得沒經驗，或是菲莉絲一時失手，或者另有其他原因。總之，火車頭竟「碰！」一聲破裂了。詹姆士過度受到驚嚇，當天一整天都沒回來。火車頭後的炭水車上運載的諾亞方舟裂成了碎片，而受損的除了那輛可憐的小火車頭之外，還有彼得幼小的心靈。

據說，彼得那時候也曾經大哭大叫。然而對一個十歲的男孩子來說，那畢竟還不足以構成生命中的陰影，所以他倒也沒有一直哭鬧不休。他說他眼睛發紅是因爲感冒。當他這麼說的時候，心裡可沒這麼想。但是這居然成了事實。他隔天變成只能躺在牀上。想到這說不定是害了痲疹，母親不禁憂心忡忡。這時候他突然醒來說道：「我不要吃什麼燕麥粥、麵湯、麵包、牛奶，可是我現在又想吃點東西。」

「你想吃什麼？」媽媽問道。

「鴿子派！」彼得說道。他一直說：「要那種很大很大的鴿子派！」

於是，媽媽就去請廚師做了一個大鴿子派。派一烘烤好，就拿給彼得吃。吃過之後，感冒也好些了。媽媽趁烘派的時間做了一首詩好讓彼得開心，大意是說彼得雖然運氣不好，但卻永遠是媽媽的寶貝。該詩如下——

他有火車頭打從心底喜歡它
如果可以許願　他要火車頭永遠都那麼好
但是有一天
大家不必吃驚　事情終於發生了！
螺絲突然發怒！　鍋爐爆炸了！

彼得面容憂戚　來到母親身邊
彼得要母親再給他一輛　他也不想表現出
垂頭喪氣的模樣
雖然
火車頭對他而言　一向比人還重要

接著不知道為了什麼　彼得生病了
用派安撫受創的心
不平的情緒也得以平復
裹在溫暖的毛毯裡　靜靜地睡在床上
決心超越悲寂的命運
如果眼睛紅了　感冒是個好藉口
烤一個派　彼得
一定會喜歡吃

父親這三、四天剛好下鄉不在家。彼得一直指望父親爲他修好那遇難的火車頭。因爲父親的雙手十分靈巧，他能夠修得好所有的東西。他還常常像獸醫般地診治木馬。當大家都準備放棄那隻可憐的動物、連工匠也表示愛莫能助的時候，是父親挽救了它的生命。還有那沒有任何人修得好的娃娃搖籃也是靠父親的妙手回春。此外，諾亞方舟更是代表作，少了一點漿糊、小木片，以至於方舟中的家畜東倒西歪。此時父親則以針固定，就算不比原先穩，至少也和先前一樣穩。

彼得具有英雄般無私的胸襟，在父親吃完晚飯，抽完雪茄之前，他一點也沒有提起火車頭的事情。母親教導他要有無私的心，然而眞正實行的人卻是彼得。爲了做到這一點，彼得必須做很大的忍耐。

終於，母親對父親說道：「親愛的，如果你休息夠了，心情也很好，那麼我就要告訴你一個鐵路的意外事件，你可得想想辦法。」

「好啊！」父親說道。「請說吧！」

於是，彼得悲傷地敘述著，並把火車頭的殘骸拿了過來。

「嗯！」父親仔細檢視過火車頭後說道。

孩子們全都屏息靜氣地等候答案。

「已經沒有希望了嗎？」彼得用低沈、不安的聲音問道。

「當然有希望啦！好孩子！」父親愉快地回答，「可是除了希望之外，我們還有許多事情待辦呢！我們得利用黏貼或焊接的方式，製造新的閥門。我就在下雨天進行好了。對了！星期六下午也可以來做！大家都一起來幫忙吧！」

「女生也可以幫忙修火車頭嗎？」彼得訝異地問道。

「當然啦！女生和男生是一樣的，不要忘了！妳想不想當火車技師呢？菲莉絲！」

「可是技師的臉，一天到晚都弄得髒兮兮！」菲莉絲無動於衷地說道。「而且我可能還會把機器弄壞呢！」

「我想當技師！」蘿貝說道。「長大以後，我也可以當技師。對不對？爸爸！還有，您看火夫怎麼樣？」她問道。

「添加薪火的人嗎？」爸爸一面把玩火車頭，一面說道。「這樣好了，如果妳長大後還想當火夫，那我再替妳問問看有沒有人要用女火夫，我小時候……」

這時候，玄關突然響起了敲門聲。

「會是誰呢？」父親說道。「英國人的家就等於他們的城堡，即使只有兩間屋子，也會希望挖個護城河，掛個吊橋什麼的。」

露絲——紅髮的小傭人，進來通報，說是有兩名男子想要拜會主人。

「我已經把人請進書房了！」露絲說道。

「要送給牧師致謝的禮物準備好了嗎？」母親說道。「還有，親愛的！聖歌隊休假的基金也要儘快處理了。今晚可能又沒有時間，而且孩子們也快要上床睡覺了。」

可是看來，父親和那兩名男子的事情似乎也不是片刻就能解決的。

「要是真的有壕溝和吊橋就好了。」蘿貝說道。「這麼一來，不希望被人打擾的時候，就把吊橋收起，誰也進不來。這些人如果待得太久，那我們和爸爸相處的時間就泡湯了。」

母親說綠眼公主的故事給孩子們聽，以此打發時間。然而這時候大家卻都豎起耳朵，全神貫注地聆聽書房的動靜。父親與那兩人的談話，不同於往常和那些為了募集禮物或休假基金而來的人的對談。他們說話的音量較高，而且較為暢達。

不久書房的鈴聲響了，大家都鬆了一口氣。

「客人要走了。」菲莉絲說道。「爸爸拉鈴可能是要送客吧！」

可是，沒有任何人走出書房，反倒是露絲走了進來。孩子們都覺得她的神色有異。

「夫人！」露絲說道。「主人請您去一趟書房。主人的臉色很難看。夫人！一定有壞消息。您要有心理準備。夫人……可能是有誰過世或銀行倒閉，或者……」

「我知道了，露絲！」母親柔聲說道。「我這就去！」

說著母親就走向了書房。談話繼續進行。接著鈴聲又響了。露絲出門去招計程車。孩子們聽到長靴的聲音出了門外，下了階梯。接著計程車駛離，玄關的門關起。只見母親走了進來。她的臉色和她的蕾絲衣領一樣白，眼睛亮得嚇人，嘴唇抿成了一條薄薄的紅線。母親的嘴唇本來並沒有削薄成這個樣子。

「睡覺的時間到了。」母親說道。「露絲會送你們上床睡覺。」

「可是因爲爸爸今天晚上回來，我們不是說好明天可以晚點起床嗎？」菲莉絲說道。

「爸爸出去了……因爲工作上的事。」母親說道。「來！你們都是好孩子！快點去睡好嗎？」於是，孩子們親吻母親後就回房了。只有蘿貝悄悄留了下來，抱著母親低聲耳語。

「有壞消息嗎？媽媽！誰過世了？或是……」

「沒有人過世……沒事的！」母親說道。接著她推了推蘿貝，「好孩子！今天晚上不能再聊了，快去睡吧！」於是，蘿貝也回房了。

露絲替女孩兒梳了頭髮，並脫好了衣服。（這些事情通常由母親包辦）露絲關了瓦斯，一出去就發現彼得仍和衣留在樓梯處。

「露絲！到底出了什麼事？」他問道。

「別問了！因爲我不想撒謊！」紅髮的露絲說道。「到時候你就知道了！」

這天夜裡，母親很晚才上樓，她親吻所有熟睡的孩子，只有蘿貝因爲這一吻而睜開了眼睛，像一隻老鼠般橫臥，沈默著。

「如果媽媽不讓我們知道，我就不應該問。她剛才一定哭過了。」蘿貝在黑暗中一邊聽著母親的喘息聲，一邊說服自己。「不能問，算了吧！」

隔天早上，孩子們吃早餐的時候，母親已經出門了。

「她去倫敦！」露絲說道。她端來了早餐。

「一定出了什麼事！」彼得一面切蛋，一面說道。「露絲說到時候我們就會知道。」

「你問了露絲？」蘿貝皺著眉問道。

「沒錯！我問了！」彼得不高興地說道。「你們可以不顧媽媽的憂心安然入睡，但我可辦不到。所以我要問個清楚。」

「我只是覺得既然媽媽不願意告訴我們，我們就不該去問僕人。」蘿貝說道。

「是！算妳總明！可以嗎？」彼得說道。「最會說教了，哼！」

「我可不是故作聰明。」菲莉絲說道。「不過這一次我覺得蘿貝說得對！」

「當然啦！蘿貝永遠是對的。因爲妳總是以她的意見爲標準。」彼得說道。

「別吵了！」蘿貝以匙舀起蛋說道。「不要再做無謂爭執了。我想一定是發生了可怕的變故，我們應該不要讓事情更加惡化才對！」蘿貝說道。

「不知道是誰造成的？我眞想知道！」彼得說道。

蘿貝勉強答道：「也許……是我……」

「少臭美了！」彼得嘲笑地說道——不過，他要上學之前，仍拍了拍姊姊的背，叫她要打起精神來。

孩子們一點鐘回家吃午飯時，媽媽不在。點心時間她也不在。

＊

大約到了晚上七點鐘的時候，媽媽終於回來了。由於她看起來似乎十分疲憊，所以孩子們都知道不該提出任何的問題。母親倒在安樂椅中，菲莉絲爲母親拔下帽子上的長針，蘿貝接過手提袋，彼得則爲母親除下外出鞋，並取來了柔軟舒適的拖鞋。

母親喝了一杯茶，蘿貝見母親似乎感到頭疼，於是替她擦了一點清涼劑。這時候，母親說道：「好了！我有話要對你們說。昨晚那兩個人帶來了很壞的消息。爸爸將要到很遙遠的地方去，我實在非常擔心。所以我希望你們都能幫助媽媽，不要讓事情變得更糟！」

「我們一定會的！」蘿貝將母親的手貼在自己臉上說道。

「你們一定要答應媽媽！」母親說道。「你們都是聰明的孩子。以後要聽話，我不在的時候，不可以吵架！」這時候蘿貝和彼得交換了一下心虛的眼色。

「因爲我以後會常常出門。」

「我們不會吵架！眞的不會！」大家說道。他們是眞的有此打算。

「從今以後，」媽媽接著說道：「我希望你們不要問我任何有關這次事件的問題，而且也不要詢問其他人。」

彼得在地毯上拖著腳步，走來走去。

「這一件事，你們可以答應嗎？」媽媽問道。

「是我問露絲的！」彼得突然說道，「抱歉！是我問她的！」

「那麼，露絲怎麼說呢？」

「她說到時候我們就會知道了！」

「你們不需要知道。」母親說道。「反正爸爸工作上面的事情我們也不清楚。」

「是啊！」蘿貝說道。「但是會不會跟政府有關呢？」因爲父親在公家機關做事，所以她才這麼說。

「沒錯！」母親說道：「啊！睡覺時間到了，你們不必擔心，事情一定會圓滿解決的。」

「那媽媽也不要擔心喔！」菲莉絲說道。「我們一定會很乖的！」

母親嘆了一口氣，吻了吻每個人。

「我要從明天早上開始做個好孩子嗎？」彼得一面上樓梯、一面說道。

「爲什麼不從今天開始呢？」蘿貝說道。

「因爲今天我沒做好孩子該做的事啊！笨蛋！」

「只要有心做好孩子，這就是一個好的開始了！」菲莉絲說道。「還有，請你不要用那麼難聽的稱呼！」

「我哪有？」彼得說道。「我叫貝兒笨蛋，就好像妳把蘿貝叫成貝兒一樣啊！」

「哦！」蘿貝說道。

「對啊！我就是這麼想，所以才這麼叫妳。我這是……咦！爸爸是怎麼說的？……啊！對了！我這叫愛的表現！晚安！」

女孩兒們把衣服疊得比往日更整齊。這是她們目前所能想到做好孩子的唯一方法。

「欸！」菲莉絲一面撫平圍裙上的縐褶一面說道。「妳看小說時，不是常說日子太乏味，都沒什麼意外發生嗎？這下可眞的出事了！」

「但是我可不認爲媽媽遭遇不幸是什麼好事啊！」蘿貝說。

「總覺得發生了可怕的事情！」

這種莫名的恐怖氣氛持續了好幾個禮拜……

母親幾乎每天都出門。用餐時間也因此變得無聊又乏味。由於家裡的女傭人走了，於是找來了安瑪阿姨。安瑪阿姨年紀比母親稍大。她即將出國住在雇主家中，擔任家庭教師。她爲置裝大忙特忙，她的衣服每一件都很難看，看起來有點骯髒，而且總是那麼凌亂。縫紉機一年到頭——從早到晚，甚至連夜裡都還響個不停。安瑪阿姨認爲要在適當的地點和孩子們相處才好，而孩子們也要根據地點的不同適當地和她打招呼。但是安瑪阿姨所謂的適當地點，通常都不是現在所在的位置。所以孩子們也很少見她的面。

其實孩子們倒寧可和僕人們在一起，因爲他們可有趣多啦。像廚師，他心情好的時候，就會唱一些稀奇古怪的歌給孩子們聽；而在女傭人偶爾不生氣的時候，她會學母雞生蛋、拔香檳瓶塞、兩隻狗打架時的吠叫等等有趣的玩意兒逗他們開心。

但是僕人們對那天那兩位紳士帶給父親壞消息的那一件事隻字不提。而且只要稍微扯到那件事，大家就立刻支吾其詞，含混帶過。這令人感到很不舒服。

＊

有一天，彼得在浴室的門上裝置了整人陷阱，結果露絲一打開門，水桶立刻應聲而落，砸到她頭上。這位紅髮小女僕氣得抓住彼得，狠狠擰住他的耳朵。

「你太過份了！」露絲忿忿地說道。「你這調皮搗蛋的臭小子！你要是不改掉這種臭毛病，我就把你送去和你那寶貝老子作伴！到時別怪我沒先警告你！」

蘿貝把這些話告訴了母親，第二天，露絲就捲鋪蓋走路了。

有一天，母親一回到家就上床睡了。但第二天她竟下不了床，醫生立刻趕到了家裡。孩子們驚慌失措地在屋子四周走來走去，覺得彷彿是世界末日降臨了。

某天吃早餐的時候，母親鐵青著臉，臉上浮現了前所未有的皺紋，從臥室走向了餐廳。接著，她勉強擠出一絲笑容說道：「我的好孩子！一切都準備好了！我們要離開這個家，搬到鄉下去住了。那是一間很可愛的小房子，你們一定會喜歡的！」

接下來的一個星期，簡直被打包的行李弄得頭昏眼花。這裡所謂的行李，並不像去海邊游泳時裝了衣服就行。而是在桌子上、椅子上鋪上麻袋，並在桌腳、椅腳上綁了稻草、麥稈的那種大規模打包行動。

那些去海邊游泳時不必準備的東西，現在全部都被打包了。從陶磁器、毛毯、燭台、地毯、床、燉鍋等，到廚房用具，全部都被裝了起來。

家裡彷彿成了一個家具倉庫。孩子們簡直樂壞了。

母親非常忙碌，但是還不至於忙到沒時間和孩子們說話或爲他們朗讀。而且當菲莉絲拿著螺絲起子在手上轉著玩的時候，母親甚至還作了一首詩。

「這個爲什麼不打包呢？媽媽！」蘿貝指著一個鑲有玳瑁和黃銅的漂亮櫥櫃問道。

「我們總不能帶走所有的東西啊！」媽媽答道。

「但是我們連一些髒髒的東西都帶了呀！」蘿貝說道。

「我們只帶有用的東西！」母親說道。「現在我們家變窮了，好孩子！」

把那些骯髒卻有用的東西打包完畢後，就有一些繫著綠色呢絨圍裙的男子把它們搬走。這天晚上，兩個女孩兒，母親和安瑪阿姨就睡在尚留有部分家具的客房。床鋪已經全部運走了。而彼得則睡客廳的沙發上。

「我眞高興！」當母親爲彼得蓋上棉被時，他高興地挪動著身體說道。「我喜歡搬家！如果能夠一個月搬一次家就好了！」

母親笑了。「我可不喜歡！」母親說道。「晚安！彼得！」

母親回頭時，蘿貝看見了她的臉。她永遠不會忘記母親當時的容顏。

「啊！媽媽！」蘿貝在床上輾轉反側，喃喃自語。「媽媽眞勇敢！我最愛的媽媽！在這個時候她居然還笑得出來！她多麼勇敢啊！」

＊

隔天箱子都裝好了。觸目盡是箱子。下午來了一輛計程車，把大家都載到了火車站。安瑪阿姨來送行。有安瑪阿姨爲他們送行，大家都覺得很開心。

「聽說安瑪阿姨要出國，擔任家庭教師。唉！那些外國小孩眞是可憐！」菲莉絲喃喃說道。「換了是我，我絕不會請她當老師！」

最初大家都興致勃勃地望著窗外。天色漸漸暗了，孩子們相繼入睡。不知在火車上睡了多久，直到母親溫柔地喚醒他們，大家這才睜開雙眼。

「孩子們！起來了！已經到了！」

大家雖然醒了，但是卻因寒冷而發抖。將行李搬下火車時，風呼呼作響，他們只好站在月台上顫抖著。這時候，火車嗚！嗚地嗚地啓動了，火車頭拖曳著列車前進。孩子們痴痴地望著車燈漸行漸遠，終至消失不見。

這是在日後與孩子們極其親密的鐵路上，第一次見到的火車。這時候根本不知道日後會愛上鐵路，鐵路會成爲新生活的中心，也沒想到這將引起多大的意外。他們只是發著抖，打著噴嚏，心想新家的路程要是能夠近一點該有多好。彼得覺得自己的鼻子從沒有這麼冷過。蘿貝綁緊了帽帶，但是風仍將她的帽子吹歪了。菲莉絲的鞋帶更是早就鬆開了。

「加油！」母親說道。「不走不行！這裡沒有計程車。」

道路昏暗又泥濘不堪，孩子常在崎嶇的路上絆倒。有一次菲莉絲還跌進一個小水塘，雖然很快地把她扶起來，但是她已經哭得像個淚人兒了。路上連盞路燈都沒有，而且道路又是上坡。推著行李車緩緩前進，大家隨著車輪發出的嘎嘎聲響往前走。等眼睛習慣黑暗之後，才發現一個巨大的山影正在眼前搖晃。推著行李車走上坡路的苦難終於結束。接下來的道路，就彷彿穿越平野的一條直線。這裡開始是下坡，再過不久，一個大黑影出現在右手邊。

「那就是我們的家！」媽媽說道。「她怎麼沒將百葉窗掛上？」

「她是誰？」蘿貝問道。

「她就是幫我們打掃房子、擺設家具，並且替我們煮晚飯的人。」

屋外有座矮牆、牆內有樹。「那是院子！」母親說道。

推著行李車來到牆邊，再推往裡面，經過鋪著圓石的院子，來到了房子的門前。

每個窗口都沒有透出亮光。

大家輪流敲門，但是都沒有絲毫回應。推行李車的男人說維尼夫人可能已經回家了。

「可是鑰匙在她那裡呀！」母親說道。「怎麼辦呢？」

「啊！她會不會把鑰匙放在門檻下！」推車的男人說。「這裡的人，大家都這麼做！」

那男人從行李車上取下了提燈，蹲下去照了照。「啊！有了！我說中了！」他說道。

他用鑰匙開了鎖，進到屋內，把燈放在桌上。

「有沒有蠟燭？」那男人說道。

「我不知道哪裡有？」母親有氣無力地回答。

那男人擦亮了一根火柴。原來蠟燭就放在桌上。他點亮了蠟燭。藉著那微弱的燈光，孩子們看見了那地板上空無一物的大廚房。有窗帘，沒有餐桌巾。從家裡搬來的流理台擺在房間正中央。椅子則擠放在角落。鍋子、煎鍋、掃把、陶瓷器等則堆在房間的另一邊。沒有火，爐灶裡只見冷卻已久的煤灰。那男人把行李都運進屋裡後，準備離去。這時候，牆邊突然傳出卡嚓卡嚓、嘰嘰吱吱的聲音。

「哇！那是什麼？」女孩兒們叫道。

「不過是老鼠罷了！」那男人說完就走了出去，關上門。這時候一陣風突然吹熄了蠟燭。

「好可怕！」菲莉絲說道。「牠該不會跑過來吧！」接著趕緊躲到了椅子上。

「不過是老鼠罷了！」彼得不以爲然地想著。

# 第二章　彼得的炭坑

「眞有趣！」媽媽在黑暗中一面伸手往桌上摸索，一面說道。「小老鼠一定是嚇著了！好像眞的是老鼠哩！」

母親劃了一枝火柴，點亮蠟燭。大家在搖曳的燭光中注視著彼此的臉。

「欸！」母親說道。「我們以往常常抱怨生活中沒有絲毫變化，現在機會來了。這不也是一大冒險嗎？我有拜託維尼夫人替我們買麵包、奶油及肉做爲晚餐，我想她一定是放在餐廳，我們去看看吧！」

餐廳和廚房相連。他們拿起一根蠟燭走了過去，這才發現，餐廳比廚房還暗。這大概是因爲廚房的牆上塗了白漆，而餐廳卻從地板到天花板，全都鋪上了黑色板子。而天花板上還搭有黑色的大鉤子。那些布滿灰塵的家具彷彿都在這兒迷了路。大家將從一出生就開始住的那個家所帶來的餐廳用具放在這裡。總覺得那個家彷彿已經離這裡好遠好遠……

這裡的確有餐桌、有椅子，但是卻沒有晚餐。

「到別的房間看看！」母親說道。於是大家四處查看。每個房間都一樣：家具任意放置，廚房用具、陶瓷器具及其他東西淩亂地堆放在地板上。然而卻找不到任何吃的東西。即使在食物貯藏室也只找到一個空的糖果罐以及一個裝著白漆的破碟子。

「太過份了！」母親說道。「拿了錢，居然沒有爲我們準備任何食物！」

「那麼，我們不就沒晚飯吃了？」菲莉絲問道。她退後了二步，百般無聊地將腳踩在一個肥皂箱上。這個小動作竟引發了母親的靈感。

「啊！有了！」母親說道。「我們去地下室，打開那一個大箱子看看！菲兒！小心妳的腳下！彼得！提著燈！」

地下室的門正對著廚房。下了短短的五階木梯之後就到了。孩子們都覺得這不像是眞的地下室，因爲它的天花板幾乎和廚房的天花板一樣高。鹹肉掛鉤懸掛在天花板上。裡面也有木柴和木炭。還有大箱子。

彼得在一旁找蠟燭時，媽媽則試著要打開一口大箱子。箱上的蓋子釘得很牢。

「鐵鎚？」彼得努力地尋找工具。

「沒錯！」母親說道。「一定在某個箱子裡。啊！這裡有個鏟煤用的鏟子！」

於是，母親就用這鏟子去打開箱子。

「讓我來！」彼得說道。口氣彷彿自認可以做得更好。任誰見了他的母親一手持蠟燭，一手開箱子，一面還要去解開那礙事細繩的模樣，都會說出這種話來。

「媽媽！妳的手這樣會受傷！」蘿貝說道。「還是讓我來吧！」

「要是爸爸在這裡，」菲莉絲說道，「只要搖二下就能打開了……爲什麼你們都不理我呢？貝兒！」

「我們沒有不理妳啊！」蘿貝說道。

這時候已經起出了箱子上最長的一枚釘子。接下來又從箱子上起出了一枚，接著又一枚。最後共起出了四枚釘子，它們在燭光下泛著光芒。

「好了！」母親說道。「把蠟燭放進這裡。你們把蠟燭點起來，然後找一些盤子來。把蠟燭的蠟滴一些在盤子上，再把蠟燭立在盤中央！」

「要點幾根？」

「隨你高興！」母親愉快地說道。「最重要的是將這個地方照亮。除了貓頭鷹和蝙蝠之外，在陰暗的地方，沒有人能高興得起來。」

於是，女孩兒們開始點蠟燭。一不小心，第一根火柴燒到了菲莉絲的手指頭。蘿貝曾說過，若是生在以前，說不定還會成爲羅馬的殉教者，被火焚全身而死哩！和那種情形比起來，這個輕微的灼傷眞是小意思。

不久，餐廳就點起了十四枝蠟燭，而蘿貝也取來煤和木柴，升起了火。

在爐火及燭光的映照下，餐廳完全變了一個模樣。幾近於黑色的牆板也清晰可見，甚至連木板上的渦輪圖形都看得清楚。

女孩兒們很快地整理了一下房間。也就是說，將椅子靠牆邊排好，把凌亂的物品收拾好，放到那座父親晚餐後經常坐著的大皮椅後面。

「太好了！」母親在盆裡不知裝滿了什麼東西，一面說道：「這裡有些東西！我把餐巾拿來了。你們瞧！」

拿餐巾不需要用到鑰子，它是放在一個附鎖的箱子裡，所以是用鑰匙打開。桌布一在桌上攤開，他們發現上面竟排滿了豐富的食物。

雖然大家都累壞了，但是一看到這豐富的晚餐，每個人都不禁精神一振。食物包括一堆餅乾、沙丁魚罐頭、瓶裝的薑酒、做菜用的葡萄乾，沾糖的蜜餞和橘皮果醬等。

「安瑪阿姨將這些東西都放在碗裡，這可眞幫了我們的大忙！」母親說道。「啊！菲兒，不要把舀果醬的湯匙放進沙丁魚裡面！」

「好的！媽媽！」菲兒說著就把湯匙放到餅乾堆上。

「我們來爲安瑪阿姨的健康乾一杯吧！」蘿貝說道。「若不是阿姨把這些東西放進來，那我們現在還眞不知道該怎麼辦呢！來吧！爲阿姨乾杯！」

於是，大家就用描有柳樹圖樣的紅茶茶碗，裝滿薑酒和水，一起舉杯。因爲他們再怎麼找都找不到玻璃杯。大家都覺得以往對安瑪阿姨的態度未免有些不應該，她雖然不像媽媽那麼溫柔慈愛，但至少還會想到要爲他們準備這些食物。

由於替他們搬運家具的工人已替他們把床架裝好了，所以他們可以立刻上床休息。

「晚安！孩子們！」母親說道。「我想老鼠一定不會再出現了。不過我還是把房門打開，如果老鼠又跑出來，你們就大叫好了。到時候我再過來，告訴你們該怎麼辦！」

接著母親就回房去了。蘿貝聽見旅行用小時鐘的二聲響聲。她一直覺得這種聲音很像遠方那個教會的時鐘聲音。後來她又聽見母親還在房間中移動的聲音。

隔天早上，蘿貝輕輕地扯了扯菲莉絲的頭髮，見她兀自沈睡，於是又加了幾成力道。用力一拉……「幹什麼啦？」菲莉絲似乎尚未清醒。

「起床！起床！」蘿貝說道。「我們已經搬到了新家，妳忘了嗎？我們現在已經沒有傭人了，所以要快點起來幫忙。我們要像小老鼠一樣，在媽媽起床前悄悄地把東西整理好。彼得也起床了，他也和我們一樣，自己換衣服呢！」

兩人很快地換好了衣服。由於房間裡面沒有水，她們想了一會兒之後，就來到了內院，用幫浦打水洗臉。一人打水，一人洗臉。水花四處飛濺，十分有趣。

「比在浴室洗臉有趣多了！」蘿貝說道。「這些石頭間的草好綠喔！好像綠得發亮哩！還有那些屋簷上的苔蘚也是一樣。哇！連花也盛開了！」

廚房的屋簷低垂。稻草做成的屋簷上覆滿了青苔，像蜘蛛網般細緻誇張的花，藍色的花，黃色的花，都在對面的那個角落爭奇鬥豔。

「這裡比野吉公園還漂亮呢！」菲莉絲說道。「這院子多美啊！」

「別再繼續陶醉了！」蘿貝正色說道：「我們得進去工作了！」

女孩兒們升起火，將水壺放上火爐。再把早餐要的餐具排列在桌上。但有些餐具一時找不到，因此就找些代替品權充。於是玻璃煙灰缸成了鹽罐，新的麵包烤盤拿來盛麵包則是最適當不過了。看看好像沒別的事可做了，於是三人再度走進清爽明亮的晨光裡。

「這次我們去看看院子吧！」彼得說道。然而他們卻找不到院子。他們在房子四周繞了好幾圈。內院在房子後面，對面則是馬廄和倉庫。其他的三面都是野地，哪有種植著短草坪的庭院呢？可是他們昨天晚上明明見到院子的圍牆啊！

那裡是丘陵地，往下可以看到鐵路，隧道張大了黑色的大嘴巴，這裡望不見月台。山谷的一面，懸掛了一座高高吊起的H型大橋。

「院子已經不重要了！」彼得說道。

「在這裡可以看見鐵路，說不定還會有火車經過呢！」

「從這裡是看不見的！」蘿貝緩緩說道。「稍微坐一下吧！」

於是三人就在草地的大塊平坦灰石上坐了下來。山坡上有許多這種石頭。八點鐘母親來找他們三人的時候，發現他們在陽光的照拂下，正心滿意足地睡在草地上呢！

孩子們升起旺盛的火，放上水壺的時間大約是五點半左右。所以到了八點，火早已燒盡，而水也全部溢出，煮乾，水壺底部則是燒焦變形了。而且他們在把餐具擺上餐桌前，也忘了先把餐具洗乾淨。

「不過這倒還好，但若是有杯子和盤子那會更好！」母親說道。「怎麼沒去別的房間找找看呢？你們一定是忘了還有一間房間。看我變魔術！我已經用燉鍋把水煮開了！」

那個被他們所遺忘的房間與廚房相連。昨天晚上，一半因為興奮，一半因為光線昏暗，還將這個房門誤認為餐具櫥子的門哩！這是個小小的四方形房間，桌上有一大塊冷的牛肉、奶油、麵包、起司和派。

「早餐吃派嗎？」彼得叫道。「太棒了！」

「不是鴿子派哦！」母親說道。「這是蘋果派！這些東西應該是昨天的晚餐。維尼大人有留一張紙條，說她的女婿手腕骨折，所以必須早點回去。她今天早上十點鐘應該會過來！」

這真是一頓豐盛的早餐。在一天的開始就吃冷掉的蘋果派，這可不是普通的經驗，但孩子們一致認為派比肉還要好吃。

「這頓飯比較像晚飯，而不像早餐。」彼得一面伸出盤子再拿食物，一面說道。

「我們今天很早就起床了！」

大家幫著母親解開行李的繩子，並將東西排列妥當。這一天就這麼忙碌地過去了。六隻小腳爲了要將衣服、餐具及其他物品各自放到適當的位置，不停地在屋子裡走來走去，不由得又累又痛。母親在下午還不太晚的時候對他們宣布：「好了！人才天就到此爲止！我要去睡一個鐘頭，這樣在晚餐之前，精神就會好多了！」

*

孩子們彼此互望，三個人臉上的表情完全一樣，而他們內心所想的也正是同一件事情。他們的表情代表著一問一答。

問：要去哪裡？

答：鐵路！

於是，他們就向鐵路走去。他們往鐵路方向前進時，發現了院子的所在。院子在馬廄的正後方，外面圍繞著高高的圍牆。「院子沒什麼大不了的！」彼得叫道。「今天早上，媽媽就已經告訴我們院子在哪裡了，我們明天再來吧！先去鐵道那邊！」

前往鐵路的途中，必須經過遍布短草的下坡路，這裡的荊豆枝生長得十分繁茂，而四處散佈著灰色或黃色的岩石，活像蛋糕上沾了糖的蜜餞。

道路的盡頭爲一陡坡，那兒有木柵——還有發亮的金屬電線、電線桿及號誌燈。

當他們全部爬上柵欄時，突然開始聽見卡嗒咕咚的聲音。於是他們都轉向右邊，望著隧道靠岩崖方面，張著黑色大口那裡的軌道。接下來的一瞬間，只見一列火車自隧道中呼嘯而出，急速地經過他們面前。孩子們可以感受到火車經過他們面前時所颳起的疾風，也可以感受到軌道下的小石頭跳躍騰起，卡嗒卡嗒的輕語。

「哇！」蘿貝深吸了一口氣說道。「好像巨龍的俯衝一樣！要是加上翅膀，說不定眞的會飛起來呢！」

「巨龍的巢穴，從外面看也許和隧道眞的很像！」菲莉絲說道。

但是，彼得卻說：「我從沒想過能夠靠火車這麼近。這眞是最棒的遊戲！」

「比玩具火車頭還棒吧！」蘿貝說道。

（蘿貝這個名字我已經叫膩了。但卻又不得不如此稱呼她。雖然除了我之外，沒有人會這麼叫她。他們都喊她貝兒。所以我想，我也不是不能這麼叫她！）

「什麼跟什麼嘛！那根本是不同的東西呀！」彼得說道。「看見這麼一整列火車，感覺是很奇妙的。妳不覺得火車好大好大嗎？」

「因爲我們經常在月台上看到的，都只是一半的火車而已。」菲莉絲說道。

「那列火車好像要到倫敦去！」貝兒說道。「倫敦就是爸爸居留的地方！」

「我們去火車站看看吧！」彼得說道。

於是，他們就出發了。

走在鐵軌上，頭上的電線發出嗡嗡的聲響。搭火車的時候，總以爲電線桿和電線桿之間的距離很短，由於速度太快，甚至連數都來不及數，彷彿每根電線桿，都忙著要去追下一根電線桿似的。然而一旦必須靠雙腳走路，這才發現，電線桿間的距離實在不算短。

然而，孩子們終於還是到了火車站。

以往他們從未爲了搭火車以外的目的到火車站來——或者到這裡來接某人。但這也都是大人帶他們來的，由於這些大人對火車站都沒有什麼興趣，因此他們都希望儘快離開這裡好回家去。以往他們也不曾爲了查看電線而到號誌所附近去，也未曾聽見過「嗶！嗶！」聲，及接踵而來的「卡嘰哩！」強而有力的機器聲響。

鋪著枕木的軌道是一條有趣的道路。貝兒還像安置院子裡的踏腳石般，忙著排列石頭，並讓它們間隔著相同大小的空隙。接著他們就到達了火車站。沒有經過剪票口，而是模仿海盜的方式，通過月台邊緣的傾斜處。就光是這一點已經足以讓他們高興上老半天了。

偷窺搬運工人的房間也是一大樂趣。這裡點著煤油燈，牆上貼了一張鐵道曆，還有一名搬運工人蓋了張報紙在臉上假寐。

有許多鐵軌在這個火車站交會。其中有一條鐵軌似乎工作得太累，想要休息一陣子，竟被截成短短的一小段。這個鐵軌上停著無蓋貨車，一邊有堆得像座山的煤。這可不是像家裡那樣的一小堆煤，而是外側圍以磚塊般的四角大煤塊，中間堆起一座像建築物般的大煤山，靠近煤牆頂端處還用白漆畫了一道線。

不久，搬運工聽到火車站的門上，傳來了二聲卡鏘卡鏘的鑼聲，遂信步走出屋外，只見彼得以最恭敬的態度向他道了聲「午安」，接著就急急地問道，煤堆邊的那道白線究竟有何用處。

「那是表示一共有多少煤啊！」搬運工說道。「這麼一來，要是有誰偷了煤，立刻就會被查覺！明白了嗎？小男孩！」

這只不過是開玩笑罷了，然而彼得看那搬運工爲人十分親切，便認爲他不是在愚弄自己。但是後來彼得才知道他的話中有另一層含意。

＊

你是否曾經在烤麵包的日子，來到農家的廚房，看到火旁裝著已發酵麵粉的大缸？如果你曾經有過這種經驗，而且也對眼前的景象抱有很大的興趣，那你應該會記得，你如何受了好奇心的驅使，終於用手指去戳那個大洋菇似的，膨膨的、軟軟的發酵麵粉。而你更加不會忘記，你手指在發酵麵粉所戳出的一個凹洞，後來竟慢慢地消失了，最後，發酵麵粉恢復的和原先一模一樣。當然，這時候如果你的手不乾淨，倒是可以在發酵麵粉上留一個黑印子。

對孩子們而言也是同樣的情形。父親遠行，母親寂寞無助時，他們的確也感到十分憂傷。但是印象雖然深刻，卻也無法持久。

孩子們當然不是把父親忘懷了，只不過是逐漸習慣父親不在身邊的生活罷了。而母親幾乎一整天都關在自己二樓的房間裡，不知道在寫些什麼。不過他們對於不常見到母親這回事兒也已經習以爲常了。不過母親在喝茶時間一定都會下樓來，朗讀她自己寫的故事給他們聽。每一篇都是十分精采的故事。

這裡有的是岩石、山丘、樹木、運河，尤其更少不了鐵路，由於這裡的生活實在太愉快了，因此，以往在宅邸裡生活的記憶，也逐漸像夢一般地遠離了。

母親雖然一再地告訴孩子們，我們現在「非常貧窮」，但他們覺得，這只不過是嘴巴上說說罷了。因爲就連母親，也只不過是表面上不得不這麼講，其實倒也沒什麼特別的意思。他們現在的食物十分充裕，而身上穿的仍是和過去相同的衣服。

到了六月，連續下了三天的雨。雨點像子彈般地直落下來，天氣變得很冷。大家都無法外出，只能縮在屋子裡發抖。於是，他們一起上了樓，敲了敲母親的房門。

「什麼事啊？」母親在裡面問道。

「媽媽！」貝兒說道。「我們想問您，可不可以升火呢？」

母親立刻答道：「不行哦！好孩子！現在才六月，不可以升火。煤太貴了。如果覺得冷，就到頂樓去玩吧！這樣會感到比較暖和！」

「可是，媽媽！升火只需要一點點煤啊！」

「但是我們沒這麼多錢哪！乖孩子！」母親爽朗地說道。「好了！去玩兒吧！孩子們！媽媽很忙呢！」

「媽媽最近都好忙喔！」菲莉絲小聲對彼得說道。

彼得只聳了聳肩膀，沒有接腔。他正在想事情。他所想的是，在那彷彿山賊窩一般的頂樓，應該待不了太久。他當然是扮演山賊，而貝兒則是和他同夥的忠實副官，菲莉絲是遭他們綁架的一個女孩子，她的父母爲了救她，最後終於支付了大筆的贖金。

下午茶時間到了，他們像登山隊般精力充沛地自樓上衝下樓來。

菲莉絲在一片抹了奶油的麵包上塗抹果醬時，母親說話了。「抹了果醬，就不要塗奶油；有奶油就不要再加果醬了。以後吃東西不能這麼浪費了。」

菲莉絲默默地吃完一片奶油麵包後，再吃了一片塗有果醬的麵包。彼得一面喝茶、一面陷入沈思。喝完茶又回到頂樓時，他對姐妹們說道：

「我有一個好主意！」

「什麼事？」二人謹愼地問道。

「我不能說！」彼得不假思索地答道。

「嗯！那就算了！」貝兒說道。

菲兒則表示：「那你就別說吧！」

「這就是女孩子！」彼得說道。「動不動就生氣！」

「男孩子又怎樣！」貝兒不屑地說道。「我才沒興趣知道你那什麼爛主意呢！」

「到時候妳就知道了！」彼得認爲自己的方法絕頂聰明，於是他一邊壓抑心中的怒火，一邊說道：「若是妳們答應不胡亂宣揚，那我或許可以把這個好主意說給妳們聽。怎麼樣？」

其實眞的要他別說，他也憋不住。因此接著他就開口說道：

「我不把這個妙計告訴妳們是有原因的。因爲以後我要做的這件事，說不定是一件壞事，所以我不想把妳們也牽連在裡面。」

「如果是壞事，那就別做！彼得！」貝兒說道。「讓我去做！」

菲莉絲則說道：「如果你們都要做，那我也要做壞事！」

「不行！」看到姐妹都願意爲他犧牲，彼得不禁大受感動。「這是一決生死的行動，所以由我一個人去做。不過如果媽媽問起我到哪兒去了，我希望妳們不要多嘴。」

「我們以前又怎麼多嘴了？」貝兒怒道。

「是！妳們從不亂說話的！」彼得一面讓豆子由指縫間落下，一面說道。

「我絕對相信妳們，好了！以後我就要開始我孤獨的冒險了。也許有些人會認爲這是一件壞事……但我可不這麼想。以後媽媽如果問起我在哪兒，你們就說我到礦山去玩兒了！」

「什麼礦山？」

「只要說礦山就行了！」

「告訴我！彼得！」

「好吧！我跟妳說，是煤礦！不過就算被拷問，妳也不能說出去！」

「你不必嚇唬我們。」貝兒說道。「你這也是在幫我們啊！」

「如果我發現炭礦，就請妳們來幫忙運煤！」彼得與她們約定。

「這要秘密進行才好！」菲莉絲說道。

「當然是儘可能保密囉！」貝兒說道。

「我會秘密進行的！」彼得說道。

*

在下午茶和晚餐間是一段休息時間。這時母親總是忙著寫東西，而維尼夫人也回家了。

在說出妙計的二天後，彼得意味深長地把女孩兒們叫了出去。

「跟我來！」他說道。「我有羅馬戰車呢！」

所謂的羅馬戰車，是指放在馬車小屋頂樓裡，已退隱數年的嬰兒車。孩子們在機械部分上了油，車子就能像有橡皮輪胎的腳踏車一樣，行走時不再發出聲音。他們玩得不亦樂乎，心想就算在這輛車的全盛時代，風光也不過如此吧！

「英勇的指揮官來了！」彼得說著便衝下坡去，往火車站方向前進。

來到了火車站的正上方，這裡有許多岩石，由草坪中伸出頭來，彷彿和孩子們一樣，對鐵路很有興趣似的。

在三塊岩石中間有一個小窪洞，佈滿了歐石楠和薔薇。彼得停在這裡，用他滿是傷痕的靴子在那邊亂踢一陣說道：「這是由聖彼得煤礦挖出來的第一批煤。用戰車來運煤。動作要乾淨俐落。好好聽顧客的吩咐，不管顧客有什麼要求，我們都能照辦！」

戰車裡裝滿了煤。但是他們才一把煤裝妥，馬上就又卸了下來。因爲太重了，三個孩子根本不可能把車子推上山丘。彼得用褲子的吊帶綁住身體和把手，再用一隻手抓住帶子，拚命拉車子，而女孩兒們則在後面努力地往前推，但是仍奈何不了那輛運煤車。

於是，他們只好分三次，把聖彼得煤礦的煤運到地下室，倒在母親的煤堆上。

後來彼得又獨自外出，弄得全身黑漆漆才回來。

「我去我的煤礦了！」他說道。「明天晚上，我們再去運黑鑽石！」

維尼夫人告訴母親，剩下的煤總是保持原狀，一直都用不完。這已是一個禮拜後的事了。

孩子們在二樓聽到她說的話之後，不禁互相抱在一起，複雜而又沈默地輕聲竊笑。這時候，大家已經完全忘記彼得曾說過，挖煤礦這件事，說不定會是一件壞事。

＊

終於在一天晚上，站長穿上了他以往暑假，在海濱常穿的那雙鞋，悄悄地來到那個漆有白線的煤山所在的院子。站長來到這裡以後，就像一隻老鼠洞前的貓一樣守候著。

站長躲在小鐵煙囪上有著——

G．N＆S．R

3457 6

立刻退回白色邊緣

貼紙的車子陰影裡。那座煤山上原本有一團小小的、黑黑的東西靜靜地移動，並不時地發出沙沙的聲響。過了一會兒，那個小東西停止了行動，謹慎地來到了山腳下，手上還拿了一包東西。於是站長舉起手來，抓住了他的衣領。彼得用發抖的雙手捧住裝滿煤的舊工匠袋，無奈上衣被揪住了，根本無法逃脫。

「嘿嘿！終於被我抓到了！怎麼樣啊！小賊！」站長說道。

「我不是賊！」彼得拚命地想解釋。「我是煤礦工！」

「別胡說了！」站長說道。

「我沒胡說，是真的！」彼得說道。

「不要動！」抓住彼得的站長說道。「不要強辯了！小子！我要帶你去火車站了！」

「不行！」黑暗中突然傳出一聲異於彼得的苦悶叫聲。

「不要把他抓去警察局！」黑暗中又出現了另一個不同的聲音。

「警察局是以後的事！」站長說道。「我要先把他送去火車站。你們是偷竊集團吧！還有其他同伴嗎？」

「只有我們而已！」貝兒和菲莉絲說著就由一輛貼著「必經一號路線」說明書的貨車背後走出來。

「妳們這樣偷偷地跟在我後面，到底想幹什麼？」彼得怒道。

「有時候，不跟蹤某些人還不行呢！」站長說道。「我們去火車站！」

「不行！不行！」貝兒說道。「可不可以在這裡就告訴我們，您打算怎麼辦？我們和彼得一樣也是壞孩子。我們明知道彼得到什麼地方拿到煤，我們還幫忙運煤！」

「不！妳們應該不知道！」彼得說道。

「不！我們知道！」貝兒說道。「我們以前就知道了，只不過為了順著你的意思，所以一直裝作不知道。」

彼得不禁胸口發脹。他來挖煤，而今天被抓後才知道，原來姐妹們一直在配合他。

「請放開我！」他說道。「我不會逃脫的！」

站長放開了他的衣領，劃亮一根火柴，藉微弱的光線看了看他們的臉。

「啊！」他說道。「你們是那三根煙囪屋子裡的孩子。你們身上穿的衣服也都很好。告訴我原因，為什麼要做這種事呢？難道你們沒上過教會？你們沒學過教義問答嗎？你們知不知道，偷盜是不對的！」站長和藹地說道。彼得回答道：

「我不認爲這是偷盜，我眞的不這麼認爲。如果我挖的是煤山的外側，那我也許是偷盜。但是我挖的是中間，所以只能算是挖掘才對。要由外側的煤用到裡面來，大概還得要幾千年的時間呢！」

「那你們爲何要這麼做呢？是惡作劇嗎？」

「把這麼重的東西搬運上山丘去會是惡作劇嗎？」彼得忿忿地說道。

「那你們是要做什麼呢？」由於站長的聲音愈來愈和氣，因此彼得答道：

「前些時候不是都在下雨嗎？有一天，媽媽說因爲家裡很窮，所以不可以點火爐。我們住在以前那個家的時候，隨時都可以烤火取暖……」

「別說了！」貝兒小聲地打斷他的話。

「好吧！」站長搓了搓下巴說道：「就這麼辦吧！這一次我就饒了你們。但是，孩子們！聽好！偷就是偷，而且到煤礦工作也不是小孩子該做的事。好了！趕快回家去吧！」

「那麼！您不處罰我們了嗎？哇！您眞是大好人！」彼得熱情地說道。

「您眞是太仁慈了！」貝兒說道。

「我好喜歡您！」菲莉絲說道。

「行了！行了！」站長說道。

於是，他們互相道別。

「不要跟我說話！」三人爬上山丘時，彼得說道。「妳們是間諜！是叛徒！」

但是，女孩兒們都很高興彼得沒被送去警察局，而且還能平安回家。因此對他所說的話也就不大介意了。

「你是說我們和你一樣嗎？」貝兒溫和地說道。

「這……才不是呢！」

「就算在有法官的法庭裡，他們一定也會認爲一樣。」菲莉絲說道。「別裝出那種奇怪的表情！彼得！你的秘密這麼容易被揭穿，又不是我們的錯！」

她捉住了彼得的手，彼得也就任由她握著。

「不過，好歹地下室已經放了許多煤！」他說道。

「哎！別說這種話！」貝兒說道。「我可不認爲這是值得高興的事！」

「這有什麼辦法！」彼得打起精神說道。「我到現在還不確定挖煤究竟是不是罪惡！」

但是女孩兒們卻可以確定。而她們也確定彼得心裡其實已經確定了。雖然他現在還嘴硬不肯承認。

# 第三章　老紳士

彼得的炭坑冒險之後，孩子們都認爲不要再去接近車站比較好……但是他們並沒有離開鐵路。不！應該是他們離不開鐵路。孩子們打從出生起，就一直是搭計程車或公車來來去去。但是在這彷彿沈睡般寂靜的鄉下，唯一會動的東西只有火車。也只有火車才能連接他們過去和現在的生活。因此，在那三根煙囪房子的正面山丘，每天都有六隻小腳走過。

孩子們記住了某些特定列車經過的時間，並爲它們取了名字。九點十五分的上行列車名爲「綠色龍」，十點七分的下行列車名爲「善變蟲」。而那列常把他們自睡夢中驚醒、轟隆轟隆飛馳而過的深夜快車是「可怕的夜間飛行」。這是彼得在某個寒冷的夜晚，起床自窗簾向外探視，即興爲它命名的。

那位老紳士所搭乘的是「綠色龍」。他是一位長得很好看的老紳士，看起來像是一個很好的人。雖然這二者通常是完全不相干的事。他的鬍子刮得很乾淨，白頭髮、領子形狀很奇特，戴著和別人不太一樣的大禮帽。當然，孩子們一開始並未觀察得如此仔細，他們最先注意到的是老紳士的手。

那天早上，他們攀上柵欄，正在等待「綠色龍」的出現。彼得望著先前生日時，自己送給自己的防水手錶，發現只晚了三分鐘半。

「綠色龍會到爸爸住的地方去！」菲莉絲說道。「如果它是眞正的龍，我就可以請它稍微停下來，拜託它替我們向爸爸問好！」

「龍才不會替我們問好呢！」彼得說道。「它要做其他更偉大的事！」

「它會替我們問候的！如果我們一開始就把它馴服了，它就會像西班牙犬一樣聽話！」菲莉絲說道。

「說不定它還會吃我們手上所拿的食物呢！哎！爸爸爲什麼不寫信給我們呢！」

「媽媽說他太忙了！」貝兒說道。「而且爸爸的信也許寄到以前的家去了！」

「啊！」菲莉絲提議道。「綠色龍通過的時候，我們可以一起向它揮手。如果它是具有魔法的龍，一定會了解我們的意思，替我們問候爸爸。就算不是這樣，那我們三個人一起揮手也沒什麼大不了的，又不會有什麼損失！」

因此，當「綠色龍」的呼嘯聲傳來，並由黑黑的巢穴口，即隧道衝出來的時候，三個孩子就站在柵欄上，掏出手帕，也不管手帕乾淨或正好相反，就開始拚命揮舞。事實上，手帕都剛好是乾淨的相反。

這時候，從一等車的車廂，伸出了一隻手，答禮似地揮動。那是好看的手，手上還拿著報紙。這正是老紳士的手。

後來，向「九點十五分」揮手就成了孩子們的習慣。

孩子們，特別是女孩兒，都喜歡想像老紳士也許認得父親，而且他說不定會在某個陰暗隱密的地方，和「有任務」的父親見面。而且他或許會轉告父親，他的三個孩子，站在遠處的綠色龍鄉村鐵路旁，不論晴雨，都在揮手向他問候。

他們這時候，比住在大房子的時候自由。在以前不許出門的天氣裡還是可以出去。這都要感謝安瑪阿姨。當她爲孩子們買了長筒雨靴及雨衣時，他們還大笑不已，但如今才發覺多麼有用。現在回想起以前對這位不和氣的阿姨，態度總是不大好，不禁又有些歉然。

母親在孩子們做這些事的時候，總是忙著寫東西。母親將她寫的故事裝在長長的藍色信封裡寄出去……而後又有許多大小、顏色不同的信封寄到母親這裡來。打開這些信封時，母親時常深深地嘆息說道——

「又有一個故事被退稿了！哎！哎！怎麼會這樣！」當母親說這些話的時候，孩子們也都感到非常難過。

但有時候母親也會揮舞著信封說道——

「哇！萬歲！萬歲！還是有識貨的好編輯，選上了我寫的故事，這就是最好的證據！」

最初，孩子們還以爲所謂的「證據」，是指識貨的好編輯寫來的信。但後來他們才知道，所謂的證據，是指印著那篇故事的紙片。

只要一有識貨的好編輯出現，那時候的午茶時間就會有加了葡萄乾的甜麵包可吃。

這一天，爲了慶祝《兒童世界》編輯的識貨，彼得到村裡去買甜麵包，不料卻遇見先前的那位站長。

彼得想起那一天煤礦的事件，心中覺得很不舒服。通常他在空無一人的路旁，不論是遇到誰，都會向他道聲「早安」。但今天他卻不想跟站長打招呼。這也許是因爲當時站長曾罵他是偷煤的小賊。

彼得認爲，自己一定是很討厭那個「偷」字，所以才會低著頭，什麼也沒說。

可是站長在經過時，竟隨口道了聲「早安」。於是，彼得也回了一聲「早安！」接著他開始想道：「他可能在白天認不出我吧！否則應該不會這麼和氣地和我打招呼！」

這麼一想，心裡又開始不舒服。他也不知道自己究竟想做什麼，只是很直覺地跑向站長。

站長聽到彼得的長靴發出卡嗞卡嗞的聲響，便站住了腳步，只見彼得喘著氣，雙耳泛紅地追了過來。彼得說道：「如果你是因爲不知道在哪裡見過我，所以才和氣地和我打招呼，那我會很不舒服！」

「哦？」站長說道。

「你一定不知道，那天去搬煤的人就是我！」彼得說道。「所以你雖然跟我說什麼『早

安」，但我卻覺得很不舒服！」

「呵呵！」站長說道。「我早就不再去想煤礦那一件事了。過去的事就讓它過去吧！你這麼匆匆忙忙地要到哪兒去啊？」

「我要去買午茶時間吃的甜麵包！」彼得說道。

「我還以爲你家很窮呢！」站長說道。

「沒錯啊！」彼得神秘兮兮地說道。「不過母親賣出故事或詩的時候，我們在午茶時間就可以吃到一點便宜的甜麵包！」

「哦！」站長說道。「這麼說，你母親是寫故事的作家囉！」

「謝謝您的誇獎！」彼得說道。

「有這麼能幹的母親，你一定覺得很驕傲！」

「嗯！」彼得說道。「不過她在變得這麼能幹之前，比較常陪我們一起玩！」

「啊！」站長說道。「我得走了！有空的時候，到車站來玩玩吧！以後，就別再提煤礦那件事了！」

「謝謝！」彼得說道。「把事情說開了就好！」

從那晚在煤礦那兒被站長抓住衣領以來，此刻他首次感到心情眞正輕鬆起來。接著他過了運河上的橋，到村子裡買麵包。

＊

隔天，他們三人又揮著手，請「綠色龍」傳達對父親的問候。像往常一樣，老紳士也對他們揮手致意。接著，彼得誇耀似地向火車站走去。

「可以去那裡嗎？」貝兒問道。

「她是擔心上次的煤礦事件！」菲莉絲說明道。

「昨天我遇見了站長！」彼得故作輕鬆地說道。「站長說我隨時都可以去車站！」

「他不介意煤的事嗎？」菲莉絲又問道。「等一下！那他也原諒我們了嗎？」

「他完全原諒我們了！」彼得說道。「站長比妳紳士多了。菲兒！他根本絕口不提煤的那回事兒！」

菲莉絲蹲下來繫緊了鞋帶，接著則是一陣沈默。只見她肩膀聳動，豆大的淚珠沿鼻梁直滴了下來，一顆顆的眼淚落到了金屬製的鐵軌上。貝兒見狀忙停下了腳步，摟著菲兒的肩膀問道：「哎呀！菲兒！怎麼啦？」

「彼得說我……說我不紳士！」菲莉絲啜泣道。「我從來都沒說過他不像淑女。他把我的小琳達綁在木柴上處火刑的時候，我都沒這樣說他。」

彼得在一兩年前，的確曾幹過這種壞事。

「可是，這次是因爲妳提到那件事嘛！」貝兒公正地說道。「以後我們都別提煤礦的事了，大家心裡明白就好了。就像我們向火車揮手時，不也是什麼話都不必說嗎？我們要尊重彼此的名譽，妳說對不對？」

「彼得如果尊重我，那我也會尊重他！」菲莉絲抽著鼻子說道。

「好嘛！」彼得說道。「我尊重妳的名譽！哪！手帕借妳！菲兒！看我對妳多好！妳自己的手帕一定又弄丟了！妳怎麼老是掉東西呢？」

「你別忘了，你上次還不是沒帶手帕！」菲莉絲忿然說道。「因爲你把手帕拿去綁兔子籠的門。你眞是忘恩負義！詩的本子上有寫著，沒有牙齒的小孩比蛇還可怕。沒有牙齒的原因，就是因爲忘恩負義。這是羅老師教的！」

「我知道了！」彼得說道。「好嘛！我向妳道歉！對不起啦！走吧！我們去車站吧！」

於是，他們到火車站去，和以往那位搬運工人渡過了愉快的兩個小時。彼得一遇到偉大的人，或地位崇高的人，就認定他們絕不會不願意回答許多以「爲什麼……」爲開頭，似乎相當無聊的問題。搬運工人教了孩子許多前所未知的事情。例如，連接客車的東西叫做連接器。而從連接器上垂下來，像條大蛇似的管子，能夠讓火車停下來。

「一旦拉了那根管子，後面的車廂就不會再往前進了！」搬運工人說道。「她——就會突然停了下來。」

「她是誰？」菲莉絲問道。

「當然是火車啊！」搬運工人說道。

對孩子們而言，火車這是第二次不居於無生命「物」的地位。

「還有，客車中也寫著『使用不當者，罰款五英鎊！』警告大家不得胡亂使用，讓火車在行駛中停了下來！」

「那麼，如果是正當地使用呢？」貝兒問道。

「那當然就可以停車啦！」搬運工人說道。「但是只有攸關生死時，才可以算是正當使用。曾經有一位老婆婆她誤以爲這是連接著上餐廳的拉鈴，於是她就誤用了。其實她哪有什麼生命危險，只不過是肚子餓罷了。火車停了之後，車掌匆匆巡視各車廂，看到底是誰性命垂危，沒想到那一位老婆婆竟對他說道：『啊！車掌！請給我一杯黑啤酒和一個甜麵包！』害那列火車誤點了七分鐘！」

「那麼車掌怎麼對那位老婆婆說呢？」

「我也不知道！」彼得說道。

「不過，我想無論如何，老婆婆一定永遠忘不了這一件事！」

時間就在這些有趣的談話中過去。

站長也曾一、兩次由售票口後面的聖殿中出來，向他們友善地微笑。

「他好像完全不再提煤礦那回事兒了！」菲莉絲向姐姐悄聲說道。

站長給他們三個人三顆柳橙，並約定比較不忙的時候，帶他們去號誌所參觀。

數台列車經過了火車站，這時候彼得才發現到，火車頭上有著和計程車一樣的號碼。

「沒錯啊！」搬運工人說道。

「有一個小男孩，有時候會到這裡來。他總是帶來綠色鑲有銀邊的本子，然後把看到的號碼一個一個寫在上面。他說他爸爸是很有錢的文具店批發商。」

雖然自己不是文具店批發商的兒子，但是彼得也很想把見到的號碼記下來，可惜他沒有鑲銀邊的綠皮筆記本。不過搬運工倒是給了他一個黃色的信封。於是他在上面記下了：

379

663

等數字，他認爲這將是他從事最有趣的蒐集開端。

這天晚上，彼得問母親，是否有鑲銀邊的綠皮筆記本，母親手上沒有，但是知道了彼得的用途之後，就給了他一本黑色的小筆記本。「雖然有二、三頁破掉了。」母親說道。「但還是可以記下許多數字。如果全部寫滿了，媽媽再給你另外一本。你們如果喜歡鐵路，媽媽也很高興，但是你們要答應媽媽，不可以走在鐵軌上！」

「如果是不向著火車來的方向呢？」大家絕望地互相凝視之後，彼得打破沈默問道。

「不行……真的不行！」母親說道。

菲莉絲接著問道：「媽媽小時候也沒有在鐵軌上走過嗎？」

母親是位正直的好母親，因此不得不回答：「有！」

「所以囉！」菲莉絲說道。

「可是，孩子們！你們難道不知道我有多愛你們？你們要是受傷了，那我該怎麼辦？」

「媽媽比小時候外婆疼媽媽還要疼我們嗎？」菲莉絲問道。貝兒一再用眼神暗示她別再說了，菲莉絲雖然很明白貝兒的意思，但卻故意視而不見。

母親一時難以作答，只好繼續往茶壺中加熱水。

「沒有任何人會比我的母親更愛我！」母親終於開口說話了。

接下來母親又陷入了沈默。貝兒從桌子底下踢菲莉絲的腳。這是因爲貝兒可以稍微體會到，母親爲何會沈默下來。她知道母親一定是回想到她小時候的事情。遇到困難的時候，就會想要躲到母親身邊去，這是最自然不過的事。而貝兒也有些明白，長大後遇到困難時，就不能夠再躲向母親身邊了。因爲這時候，也不再有母親可以依靠了。這是多麼令人難過啊！

而她一踢到菲莉絲，菲莉絲就立刻叫道：「妳幹嘛踢我啊！貝兒？」

於是，母親笑著嘆了一口氣，說道：「好吧！不過你們一定要仔細確定火車是從哪一邊來……還有，絕對不可以走到隧道邊及轉彎處！」

「火車和其他的車子一樣，都是靠左邊開！」彼得說道。「所以我們只要靠右邊走，就不會有危險了！」

「好吧！」母親說道。

你可能會覺得母親不該這麼說吧！但是母親回想到自己的兒時情景，她說這句話的時候，她的孩子們，你的孩子們，甚至全世界的孩子們，都應該無法了解她的心情是多麼嚴肅。只有極少數的人，能像貝兒一樣稍微理解。

＊

隔天，母親由於劇烈頭痛而無法下床。

她的手像火一樣熱，什麼也吃不下，喉嚨十分刺痛。

「夫人！如果我是妳的話，」維尼夫人說道：「我一定會請大夫來。妳染上的是一種很容易感染的病。我姐姐的長子……喔、不！長女，也是染上了感冒，一直都好不了，到這個聖誕節就滿兩年了。不過現在好一點了，不像以前那樣咳個不停了。」

母親原先還不放在心上，但是由於到了夜裡病情惡化，於是彼得被差往村裡，來到了門前種了三棵大樹的房子前面。門上掛了一塊黃銅板子，寫著——W．W．F醫師。醫生立刻出來了，而且一路上和彼得聊天。他是個很有魅力的人，對鐵路、兔子，及其他的事情都很感興趣。

醫生看過母親後，診斷爲流行性感冒。

「這位冷靜沈著的小姐！」醫生在玄關對貝兒說道：「妳想擔任護士長吧！」

「當然！」她答道。

「很好！那我就把藥交給妳！要快點把火升起來。準備濃牛肉汁，一退燒就給她喝！現在可以讓她喝葡萄酒或牛肉湯。然後最好再準備蘇打水和牛奶、白蘭地。記住要最好的白蘭地。便宜的白蘭地比毒藥還糟糕。」

貝兒請醫生把全部的注意事項寫下來給她，醫生照辦了，寫了一張紙給她。

貝兒把醫生寫的紙條拿給母親看，母親笑了。貝兒認爲母親是眞的笑了，只不過笑得有些淒涼、虛弱。「傻孩子！」母親躺在床上，用黑珍珠似的眼睛望著貝兒說道。「我們家買不起這麼貴的東西。妳去告訴維尼夫人，請她用兩磅羊肉替我們做晚餐，還有，我想喝一點湯。對了！現在我要一些水，把我的盥洗用具拿來，我要用海綿洗洗手！」

蘿貝立刻照母親所說的去做。她要盡可能讓母親高興，於是她下了樓，來到了孩子們的聚集處。她的臉頰泛紅，嘴唇緊閉，眼睛發出和母親相同的亮光。

她把醫生說的話和母親說的話，全部告訴了大家。

「那麼，」她敘述完畢後接著說道，「現在我們該怎麼辦呢？總不能什麼都不做吧！就用一先令去買羊肉吧！」

「要是沒有難吃的羊肉該有多好！」彼得說道。「只要有麵包和奶油就可以活下去了。在無人島上，即使什麼都沒有，人還是可以生活！」

「那倒是！」他的姐姐說道。於是她請維尼夫人用一先令的錢，到村子裡去買白蘭地，蘇打水及牛肉汁。

「就算我們什麼都不吃，」菲莉絲說道：「如果只有晚餐費，那也買不齊所有的東西！」

「是啊！」貝兒臉色凝重地說道。

「一定得想出方法來！大家一起想，趕快努力想辦法！」

大家都在努力思索，然後又一起商量。貝兒上樓探望母親之後，剩下來的二個人就開始忙碌了。他們用剪刀剪了一塊白布，又拿一只維尼夫人經常使用的罐子。但是第一塊白布和他們預先設想的不同，所以他們又去櫃子裡找出了另一塊布。他們可沒想到這是在糟蹋一塊上好的昂貴布料，還以爲他們這是在幫家裡的忙呢！

他們究竟想做什麼呢？這一點容後再敘——

貝兒的床搬進了母親房間，她晚上要起來好幾次，給爐火加煤，餵母親喝牛奶和蘇打水。母親常常自言自語，但聽不清楚她在說些什麼。有一次母親突然大叫「媽媽！媽媽！」貝兒知道母親一定是想起了外婆。媽媽忘記外婆已經過世了，就算叫她也沒有用了。

一早，貝兒就聽到有人喚自己的名字，連忙跳下床，來到母親床邊。

「啊！我昏睡很久了吧！」母親說道。「好孩子！妳一定累壞了吧！辛苦妳了！」

「啊！別哭嘛！」媽媽說道。「我再過一、兩天就會好了！」

「是啊！」貝兒說著就笑了。

雖和平常一樣睡了十個小時，但是由於在這一段時間內起床了三、四次，因此感覺好像一整晚都沒睡著似的。

不過貝兒雖然感到頭昏目眩，還是在醫生到來之前，把房子打掃乾淨了。

八點半的時候——

「一切順利吧？可愛的小護士！」醫生在玄關說道。「白蘭地買了嗎？」

「買了！」貝兒說道。「雖然只有一小瓶！」

「好像沒看到葡萄酒和牛肉汁。」醫生說道。

「是的！」貝兒坦白說道。「不過明天之前我們就會準備好。我們會把牛肉汁中的牛肉放入烤爐。」

「這是誰教妳的？」醫生問道。

「菲兒重感冒的時候，我看媽媽都這樣做！」

「很好！」醫生說道。「等一下讓別人照顧妳母親，妳吃過早餐後就去睡覺，晚餐時再起床。小護士要是生病，那就糟了！」

他眞是一個好醫生。

＊

這天早上，九時十五分衝出隧道時，一等車廂中的老紳士放下了手中的報紙，探身向柵欄上的三個孩子揮手。但是今天早上卻沒有三個孩子，只有一個孩子，就是彼得。

而彼得也不像往常一樣攀在柵欄上，他是站在木柵前，像巡迴動物園中，負責介紹動物的人一樣，又像和藹的牧師，手持細棍，站在幻燈機前爲大家介紹「巴勒斯坦的景色」。

彼得的確是在指著某方向。他正指著釘在木柵上的一大塊白布。布上寫著一呎以上的大黑字。菲莉絲寫這些字時，刷子沾了太多汁液，以致有些地方會有向下滴流的痕跡。不過字倒都還清晰易讀。

因此老紳士及火車上的許多人都看到了白布上的大黑字。上面寫著：

到火車站請向外看！

一到了火車站，許多人都往外看，但是他們都失望了，因爲外面並沒有什麼奇特的東西。老紳士也向外看，但是他只瞧見鋪著碎石的月台、陽光，以及車站邊茂密的花草。除此之外，他什麼也沒看到。不過當火車嘟嘟響起，宣告著即將開動時，他見到了菲莉絲。她喘著氣跑了過來。

「啊！」她說道。「我還以爲見不到您了。我的鞋帶一直鬆掉，害我跌倒了二次。啊！這給您！」

她在火車要開動時，遞了一封餘溫尚存的信給老紳士。

給親愛的不知名先生：

媽媽生病了，醫生叫我們要準備信最後所寫的那些東西。但是媽媽說我們買不起這些東西，所以就只買羊肉，說自己只要喝湯。爸爸到很遠的地方去了，我們又只認識您。爸爸一定會把錢還給您。爸爸如果沒有錢，就等彼得長大再還您。我們以名譽向您保證。拜託！請您一定要幫助媽媽！

彼得

請您把小包裹寄給站長好嗎？因爲我們不知道您搭什麼火車回來。站長曾因爲煤的事情覺得彼得很壞，所以我想站長應該也認識我們！

蘿貝

菲莉絲

彼得

後面則附有醫生所列出的清單。

老紳士一口氣把信讀完，揚起了眉毛。再讀第二次，不禁露出了微笑。看完兩次後，就把信放進了口袋，繼續讀未看完的報紙。

這一天晚上六點，外面傳來了敲門聲。三個孩子跑去開門，發現原來是那個平常告訴他們許多鐵路趣事的搬運工人站在門外。他把一個大包裏放在廚房的石檯上。

「老紳士，」搬運工人說道：「吩咐我要立刻把這個送過來！」

「謝謝！」彼得說道。接著他看見了搬運工人氣喘吁吁的模樣，於是又說道——

「不好意思！我沒有錢，所以不能像爸爸一樣，給你二便士的小費。」

「就算你給我，我也會扔掉！」搬運工人忿忿地說道。「二便士這回事兒就別提了！啊！我想你母親一直躺在床上，一定很悶，所以我摘了一些野玫瑰過來，很香哦！這可不只值二便士呢！」搬運工人說著就從帽子裡拿出一束野玫瑰。

「哇！好像魔術師哦！」菲莉絲大爲讚賞。

「謝謝你！」彼得說道。「二便士的事眞抱歉！」

「別放在心上！」搬運工人不像他，客氣地說完這句話就回去了。

接著，孩子們打開了包裹。最外層是麥稈，接下來是刨木屑，再裡面則是他們拜託他買的東西，其他還有一些他們沒有提到的東西。如桃子、梨子、酒、兩隻雞、裝著長莖大紅玫瑰的瓦楞紙箱，細長的綠色香水瓶、三個小小圓圓的科隆香水瓶，還附了一封信。

信上寫著：「親愛的蘿貝、菲莉絲、彼得，你們需要的東西都在裡面。你們母親一定想知道這些東西從何而來吧！你們就說這是一個知道她生病消息的朋友送來的。等她病好了以後，再把實際情形告訴她。如果她責備你們不該這樣向別人要東西，那就請你們轉告她，我認爲你們的做法很正當，請她原諒我隨便答應你們的請求。」

信上還有一個G・P・什麼的，孩子看不懂的署名。

「我們做的事是正當的呢！」彼得說道。

「正當？我們做的事當然是正當的！」貝兒說道。

「但是，」彼得雙手抱住包裹說道：「我們卻不能跟媽媽說實話。」

「在她病好之前都不能說！」貝兒說道。「還有，在媽媽生病期間，最好不要大聲吵鬧，大家心情都不好。啊！看這玫瑰，我把它拿給媽媽！」

「還有野玫瑰！」菲莉絲深深吸了一口甜美的花香說道；「別忘了野玫瑰！」

「啊！對了！」蘿貝說道。「媽媽最近有說過，她小時候，外婆家有一道薔薇圍牆呢！」

# 第四章　火車頭盜賊

他們在收到那個包裹後的第二週，用剩下的布和汁液又做了一面大旗子，上面寫著——

母親的病全好了。謝謝您！

他們向「綠色龍」展示這面旗，老紳士看見了，從火車裡愉快地向他們揮手回應。火車經過後，孩子們想到，向母親坦白的時候到了。這實在不是一件容易的事。但由於非說不可，所以他們還是抱著必死的決心說出了實話。

母親很生氣，她一向很少生氣，但是孩子們從未見到她像今天這樣發怒。好可怕，但是母親突然開始哭泣時，情形比剛才更令大家難受。哭彷彿是一種傳染疾病似的，大家見母親一哭，立刻就加入了哭泣的行列。

母親最先停止了哭泣，望了他們一眼後說道：「孩子們！很抱歉我發了這麼大的脾氣。我想你們可能不知道我爲什麼生氣！」

「我們不是故意要惡作劇的，媽媽！」貝兒哽咽著說道。
彼得和菲莉絲也抽抽搭搭地吸著鼻子。
「好了！你們聽著！」媽媽說道。「我們的確很窮，但是日子還過得去，你們不應該把家裡的事告訴外人，這又不是什麼光彩的事。而且你們絕對絕對不可以請陌生人幫忙。下次一定要記得這一點，好嗎？」
孩子們摟住了母親，淚溼的臉頰互相緊靠，彼此就這樣約定。
「我要寫一封信給那位老紳士，我無法贊同這一件事。啊！當然啦！我會謝謝他的好意。我所不能贊同的，是你們這些孩子的做法，而不是那位老紳士。他實在對我們太好了。然後我再請站長替我轉達這封信。以後就不要再提這件事了！」
後來，只剩下孩子們的時候，貝兒說道：「媽媽真了不起。有哪個大人才剛發過脾氣，就可以說出抱歉的話？」
「嗯！」彼得說道。「媽媽很了不起，但是她發起脾氣好可怕！」
「這就像歌曲裡的復仇與光榮一樣！」菲莉絲說道。「你要是不害怕，怎麼肯聽媽媽的話？不過說真的，媽媽生氣的時候也很漂亮！」

＊

孩子們將母親的信拿去給站長。

「我想你們沒有倫敦以外的朋友吧！」站長說道。

「以後就會出現了！」彼得說道。「他們住這附近嗎？」

「這個嘛！我們以前都搭火車，所以也不大清楚！」

站長又進了售票口後面的聖殿，於是孩子們就去搬運工人的房間，和搬運工人聊天。他們在這裡又學到了許多有趣的事。他們今天終於知道了搬運工人叫做帕克司，已經結婚了，還有三個小孩。而且他們又學會了，火車頭前面的燈叫做頭燈，後面的燈叫做尾燈。

「剛剛好啊！」菲莉絲悄聲說道。「有頭有尾，好像眞的是一條龍呢！」

孩子們也是在今天才首次了解，原來並非所有的火車頭都完全一樣。

「一樣？」名叫帕克司的搬運工人說道。「才不一樣呢！小姑娘！就像我和妳不一樣的道理相同，每個火車頭也都不一樣。妳看那邊沒有附帶煤水車的傢伙，是不是都看不到她上面帶有水箱？她會在橋的那邊轉換路線。她就像妳一樣，小姑娘！而那個很強而有力，裝了一枝桿子的大傢伙，就是我。在那個幹線上奔跑的，就是這個小男生了。等他長大上學後，樣樣比賽都可以不落人後——這個火車頭也是一樣。幹線上的火車頭，不論力氣或速度，都是高人一等。他就是九點十五分那班車。」

「是綠色龍吔！」菲莉絲說道。

「我們叫他卡達布里，這倒和你們不同！」搬運工人說道。

「大家都很準時，只有那個小姑娘火車頭常遲到！」

「但是那個火車頭不是綠色的嗎？」菲莉絲說道。

「啊！小姑娘！」帕克司說道。「卡達布里這個名字是按年代排列得來的。」

＊

孩子們在回家吃飯時，都說那個搬運工人是最令人感到愉快的好朋友。

隔天是蘿貝的生日。到了下午，他們很客氣，但也很堅決地要蘿貝出去一下，而且在午茶之前不要回來。

「在我們準備好之前，妳不可以看到。因爲我們要給妳一個驚喜！」菲莉絲說道。

於是，蘿貝只好自己到院子裡去。她雖然很感謝大家，但與其一個人孤獨地渡過生日午後，她倒寧可動手一起幫忙。雖然她明知大家是好意要給她一個驚喜。

不過，她現在自己一個人，倒是可以靜靜思索一些事情。她最先想到的，是在母親發燒的那個夜晚，雙手緊握，眼泛淚光的母親說的話。

她說道：「啊！病成這樣子，不知道要花多少醫藥費呢！」

貝兒在只結成花苞，尚未盛開的玫瑰叢中，以及紫丁香、薔薇的花叢間漫步，一面想醫藥費的事，愈想愈心煩。

後來她終於下定了決心。她出了院子的木頭門，登上陡急的斜坡，沿著運河邊的道路走去。

來到跨越運河，通往村莊的橋邊時，她停了下來。靠在有陽光映照的石橋上曬太陽，一面凝望運河碧綠的河水，眞是令人心情開朗。貝兒未曾見過這條運河以外的運河，那裡的水不太乾淨。而在河流方面，她也只見過泰晤士河，不過她還是認爲那條河的水面應該要更乾淨些才好。

也許孩子們也應該像喜歡鐵路一樣喜歡運河才對。但之所以沒有如此，是因爲兩個原因。第一個是因爲他們先看到鐵路。在第一天的那個美麗早晨中，家、原野、荒地、岩石、大山丘等等，一切都是那麼的新奇，而運河則是過了好幾天以後才看到的。第二個原因則是和鐵路有關的人都對他們很好，如站長、搬運工人，還有那個對他們揮手的老紳士。而對運河的相關人員，他們就沒有這種親切的感受了。

所謂運河的那些人，指的當然是艀板上的那些船夫。他們駕著艀板在河上來來去去，或者走在拉船道上緩步而行的老馬旁邊，拉著一根長繩子。

彼得以前曾向其中一名船夫問時間，但那個船夫卻立刻叫道：「出去！」彼得看他那麼兇，幾乎脫口說出自己也有在拉船道上走路的權利。但沒多久，他也就忘了自己居然有過這種想法。

還有一天，孩子們想在運河裡釣魚，但是有一名船夫竟向他們丟煤塊。那時候菲莉絲正在綁鞋帶，被其中一個煤塊丟中了後腦勺。雖然沒什麼大礙，但因爲這件事，菲莉絲後來就不想再去運河邊釣魚了。

不過，在橋上倒是可以放心，因爲她可以俯視運河，如果有人想向她丟煤塊，她可以立刻躲起來。

不久，果然如貝兒所期望的一樣，她聽到了車輪的聲音。車上坐的，當然是醫生。他在車上叫道：「啊！護士長！要搭便車嗎？」

「我是來見您的！」貝兒說道。

「妳母親還好吧！」醫生說道。

「嗯！可是……」

「來，上車吧！到我那兒去好了！」

貝兒一上了車，茶色的馬就被調頭往後走。已經快要到下午茶時間了，也就是馬兒吃草料的時間，所以馬兒好像不太高興。

「好好玩喔！」當馬車像飛躍般地經過運河沿途道路時，貝兒高興地說道。

「如果從這裡丟石頭，說不定能丟中妳家三根煙囪中的一根呢！」經過她家門口時，醫生如此說道。

「哦！」貝兒說道。「不過那要很厲害才行呢！」

「妳怎麼知道我不是很厲害？」醫生說道。「對了！到底有什麼事？」

貝兒遲疑地把玩著皮氈的掛鉤。

「說吧！」醫生說道。

「可是，我很難開口！」貝兒說道。「我是很想說出來，但是母親曾告誡過我們！」

「妳母親怎麼說？」

「她說不可以跟不相干的人說我們家很窮。可是醫生您應該不是不相干的人吧？」

「當然啦！」醫生快活地說道。「那麼，到底是什麼事呢？」

「呃……醫生很貴！也就是說請醫生要花很多錢。維尼夫人說如果加入俱樂部，看醫生每週只要二便士就夠了。」

「哦？」

「維尼夫人說您是一個很好的大夫，所以我就問她是不是可以請您到我家看病。她家比我家還窮，我去過她家，所以我知道。我就是在那時候知道俱樂部這件事。所以我才想要來拜託您……不過……唉……我實在不想讓母親操心哩！我家是不是也可以像維尼夫人一樣加入俱樂部呢？醫生！」

醫生默默不語。醫生自己也很窮，但他實在也很樂意爲這個新來的家庭看病。所以我想醫生這時候心情一定也十分複雜。

「醫生，您生我的氣嗎？」貝兒小聲地問道。

醫生從沈思中驚醒。

「生氣？怎麼會呢！妳是一個細心體貼的好女孩！不必擔心！妳母親的事情我會想辦法。也許再組一個新的俱樂部吧！啊！妳看！這裡有水路橋！」

「水路……什麼是水路橋？」

「也就是水的橋！」醫生說道。「妳看！」

道路從運河的橋樑處開始斜上去。左邊是陡急的懸崖，岩縫間的草木向下伸展，長得十分繁茂。運河至此無法再往丘陵的方向流，而是流到一座靠在這裡的橋上。——山谷中還有一座很大的H型橋。

貝兒深吸了一口氣。

「哇！太棒了！」她說道。「簡直就如『羅馬的歷史』中出現的畫一樣！」

「沒錯！其實這就是照那種樣子做的！」醫生說道。「羅馬人很酷愛水路橋，那需要極精深的工學！」

「工學也可以用來製作火車頭吧！」

「啊！那是另一種工學……道路、橋樑和隧道是同一種，建築要塞又是另外一種。現在我們得折回去了。妳不必擔心醫生的帳單了，否則妳真的會病倒，到時候我只好開出一張像水路橋一樣的帳單了。」

貝兒在與家相連的原野最高處和醫生道別。她一點都不認為自己做得不對。也許母親會有不同的看法，但是貝兒覺得即使是上一次，自己的做法也是正確的。因此她心情愉快地走下有岩石的斜坡。

*

菲莉絲和彼得站在門口迎接她，兩人幾近不自然地穿戴整齊，菲莉絲的頭髮上還綁了紅緞帶。不久，貝兒也打扮好了，她頭髮上綁了一條藍緞帶。

這時候，一陣小小的鈴聲在她耳邊響起。

「啊！」菲莉絲說道。「這是通知我們驚奇的禮物已經準備好了。現在只要再等一次鈴響就可以進去餐廳了！」

因此，貝兒繼續等著。

「鈴！鈴！」小小的鈴聲再度響起，貝兒略感害羞地走進餐廳。一打開門，她就發現自己進入了明亮的、充滿花香和歌聲的新世界。母親、彼得和菲莉絲在餐桌對面排成了一列。百葉窗已經放下來了。桌上立著和蘿貝年齡相同數字的十二根蠟燭。桌上覆蓋著印有花朵圖案的桌布，蘿貝的座位上有一大把忘憂草花束，還有幾個很漂亮的小包裹。接著，母親、菲莉絲和彼得開始唱歌。他們唱的是聖帕德里克之歌的第一節。

蘿貝知道母親爲自己的生日作了一首詩。每次過生日，母親都會爲自己作詩。這是在菲莉絲還是個小嬰兒，貝兒四歲時開始的。貝兒還記得父親曾說過，那首詩是個「令人驚喜的禮物」。她想母親或許也還記得。她四歲時得到的那首詩是這樣寫的——

爸爸！我只有四歲
可是我不想長大
四歲是個最棒的年紀
二加二等於四，一加三等於四
我喜歡二加二
媽媽和彼得、菲兒和爸爸
爸爸喜歡一加三
媽媽和彼得、菲兒還有我
親吻我可愛的女兒
希望妳能記得這首詩

而他們現在所唱的歌詞如下——

我們家可愛的蘿貝　如果可能
我們願妳一生都沒有憂愁
慶祝生日的這一天

是最美好的一天
贈妳禮物　為妳歌唱
希望快樂把妳圍繞
願幸運與妳為伴
旅途和妳同行
祝福妳！　可愛的貝兒！
祝妳生日快樂！

大家唱完歌後，叫嚷道：「爲貝兒乾三杯！」於是，大家熱熱鬧鬧地舉杯。貝兒這時候覺得很想哭——你應該也有過這種經驗吧！就是那種鼻子酸酸、熱淚盈眶的感覺。可是她還沒來得及哭，大家就已經一擁而上，抱住她親吻她的臉頰了。

「來！」母親說道。「看看妳的禮物吧！」

每個禮物都是那麼可愛。菲莉絲悄悄地爲她縫製了一個綠色、紅色相間的針插。媽媽給她的是她長久以來一直很喜愛，但不敢奢望擁有的小巧可愛銀色別針。維尼夫人送她一對藍色玻璃花瓶。那是蘿貝以前在村子的店裡面看見，十分喜愛的那一對花瓶。此外還有三張畫著可愛圖畫，寫著祝福話語的生日賀卡。

母親把忘憂草花環戴在貝兒淡褐色的頭髮上。

「現在妳看看桌上！」母親說道。桌上有一個用白砂糖寫著「給貝兒」，並用粉紅色砂糖描繪圖案的蛋糕。此外還有麵包和果醬。不過最棒的還是桌上覆滿了鮮花。茶盤四周圍了一圈洋紫羅蘭，而一個個的鬆子旁邊，則環繞著忘憂草花圈，蛋糕周圍是白色丁香花的天下，而在正中間，是丁香花、洋紫羅蘭、金盞花等混在一起，排列出一個奇怪的模樣。

「這是什麼？」貝兒問道。

「是地圖嘛！鐵道的地圖啊！」彼得叫道。「哪！妳看！這個丁香是鐵路，火車站是用茶色的洋紫羅蘭香花做成的，金盞花是火車。還有號誌所，道路也在這裡。這個大紅色的丁字形是我們向老紳士揮手的地方。這個就是他，金盞花裡面的紫羅蘭。」

「還有，這些紫色的櫻草是我們這間三根煙囪的房子。」菲莉絲說道。「這個小玫瑰花蕾是我們午茶時間回來時，見到媽媽的地方。這是彼得想出來的，所以我們就去火車站那邊，摘了這些花回來佈置。我們想妳一定會很高興！」

「這是我的禮物！」彼得突然說道，並把他最珍愛的蒸汽火車頭放到貝兒面前的桌上。煤水車的地方糊上了新的白紙，並裝滿了小果子。

「啊！彼得！」貝兒簡直不敢相信他會這麼大方。

「你要把這麼珍貴的火車頭給我嗎？」

「才不是呢！」彼得立刻說道。「不是火車頭啦！只有小果子而已！」

貝兒的臉色不禁變了……自己早該知道彼得絕不可能把火車頭送給自己，剛剛居然還以爲他會那麼慷慨大方，自己眞是太蠢了。而且自己果子和火車頭都想要，也未免顯得太貪心了。她想到這裡，所以表情才會改變。

彼得察覺到這種情形。他楞了一下，接著他的表情也變了，他說道：「這樣好了，我把火車頭分一半給妳，也就是說妳想玩的時候就可以拿去玩。」

「彼得眞是個好人！」貝兒叫道。「這個禮物太棒了！」不過，在她叫出聲之前，她就暗暗對自己說道：「彼得雖然不是一開始就打算要給我半輛火車頭，但這已經很好了。那壞掉的一半就算是我的這一份好了。等修好之後，彼得生日時，我就把我這一半再還給他！」

「啊！媽媽！可以切蛋糕了嗎？」她說道。

於是，茶會就開始了。

這是一個非常愉快的生日。喝過茶之後，媽媽和大家一起玩遊戲——大家愛玩什麼都行。他們最先當然選擇玩捉迷藏，大家玩得十分盡興，貝兒頭上的忘憂草花冠甚至都鬆鬆地掉到了耳朵上。不久睡覺時間到了，大家只好安靜下來。

這時候，母親就讀她新寫的故事給孩子聽。

「媽媽今天也早點睡，不必工作了吧！」大家互道晚安時，貝兒問道。

母親也沒直接回答。只說給爸爸寫完信後就去睡。

但是貝兒直到很晚悄悄地去拿禮物時——因爲她實在無法忍受要和禮物分開一整個晚上——看到母親根本沒在寫什麼信，她趴在桌上，雙手枕在頭下。這時候貝兒不斷提醒自己「媽媽一定不想讓我們知道她很難過。我不能讓她發現我在這裡，不能被發現！」她覺得自己最好快點溜回房去。沒想她的生日竟在悲傷的情況下結束。

＊

隔天早上，貝兒就開始尋找修復彼得的火車頭的機會。而機會終於在接下來的午後降臨。

母親搭火車去附近的城鎮買東西。

一到了城裡，母親就要到郵局去。大概是寫給父親的信要寄出去吧！母親從來不叫孩子們或維尼夫人寄信。但她也從不獨自一人到村子裡去。她總是帶著彼得和菲莉絲隨行。貝兒這時候正在想不去的藉口，但雖然她拚命想，但是卻找不到半個託詞。

就在她正不知該如何是好的時候，她剛好走出廚房，裙子被門上一根大釘子鉤裂了一個大縫。這件事眞的純粹出自偶然。大家都很同情她，但是已經沒有時間再去換衣服了，因爲已經太晚了，大家必須急著去趕搭火車。所以貝兒就沒法一起去了。

大家都走了之後，貝兒就換了一件常穿的洋裝，到鐵路那兒去。她沒有進去火車站，而是沿著鐵路步行。當下行車進入月台時，她就來到火車頭的月台邊緣。——這裡有水槽以及如象鼻般長長軟軟的皮管。她躲在鐵路對面的輪胎堆裡。她把那個玩具火車頭用茶色的紙包好，夾在腋下，很有耐性地等待著。

不久，又有下一列火車駛了進來，貝兒越過上行線的鐵路，站到了火車頭的旁邊。她從未如此接近火車頭，它比想像中還要大而有力。相形之下，不由得感覺到自己的柔弱無力，彷彿隨時都會被它吞噬似的。

「我覺得好像被網縛住般動彈不得哩！」貝兒自言自語地說道。

火車司機和火夫都沒看到她，兩人都從另外一邊的門走出去，和以往那位搬運工人聊天。

「喂！對不起！」貝兒說道。但是火車頭嗚嗚地冒著蒸汽，沒人聽見她的聲音。

「火車司機先生！請問你！」她放開喉嚨大喊，但火車頭也同時發出比剛才更大的聲音，又把貝兒微弱的聲音壓了下去。

她心想，現在唯一的辦法就是爬上火車頭，然後拉他的上衣引起他的注意。階梯很高，她提起膝蓋，奮力爬進了司機室。然而一個不小心，竟在煤水車四角口的大煤山底下跌了個四腳朝天。火車頭也是個不輸給人類的膽小鬼，明明沒什麼事卻偏要大呼小叫。而當貝兒在煤堆旁跌倒時，司機碰巧也沒看見她，一上了車就啓動向前行。貝兒站起來時，火車速度雖不是很快，但也不至於慢到可以讓人安全跳下車。

這時候，所有的恐懼一股腦兒地湧向貝兒，這該不會是那種奔馳數百哩，中間都不靠站的快車吧！她心想。不過如果是的話，她該如何呢？她身上又沒有足夠的錢可以讓她回家。

「而且他們不認識我，說不定會以為我是火車頭盜賊呢！」

「也許他們會用這個理由把我送進牢裡！」火車速度愈來愈快了。

她喉嚨彷彿被什麼東西塞住了，好像再也說不出話似的。她努力地想發出聲音。而那兩個人背對著，好像在檢視某個電器。

突然她舉起手來，抓住了最靠近她的一個袖子。那個人嚇了一跳，轉過頭來，剛好和貝兒打了照面。他們彼此沈默地注視了好一會兒，那個人終於開口罵道：「混蛋！」於是，貝兒哭了起來。

另外那一個人也楞了一下，似乎也罵了一句混蛋，或是諸如此類的話——但是他們只是因為嚇了一大跳，而非眞的有什麼惡意。

「妳眞是個調皮的女孩子！」火夫說道。

但司機卻說：「才不是呢！她是個可愛的女孩子！」

他們一邊說，一邊讓貝兒坐在機房的椅子上，並告訴她不要哭了，好告訴他們她要做什麼。

於是，貝兒拚命想快點停止哭泣，有一個想法倒是很有用處。她心想，為彼得做任何犧牲都是值得的。何況這種犧牲也是有代價的——那她就可以坐上眞的火車頭——眞正會動的火車頭。孩子們曾討論過，世上絕不可能有肯讓他們坐上火車頭的好司機。但是現在，自己就正是坐在火車頭裡面。貝兒擦擦眼淚，擤了擤鼻子。

「好啦！」火夫說道。「現在不哭啦！說說妳想幹什麼吧！」

「呃！對不起！」貝兒吸吸鼻子說道。但話說到這裡就陷入沈默。

「沒關係！慢慢說！」司機鼓勵地說道。

於是，貝兒繼續說：「呃！司機先生！」她說道。「我在鐵路邊叫你，可是你都沒聽見——所以我才想爬上手可以拍得到你的地方……我本來是這麼想……沒想到會跌到煤堆上。對不起！我眞的是不小心才跌倒的……啊！請別生氣！拜託你不要生氣好嗎？」貝兒說著又抽抽咽咽哭了起來。

「我不會生氣的！」火夫說道。「誰能想得到，竟有一個小姑娘從天而降，掉進煤箱。這可不是天天都有的事哩！皮爾！你說呢？」

「我也是！」司機同意道。「那麼，妳要做什麼呢？」

這時，貝兒發現自己已經停止了哭泣。

司機拍拍她的背說道：「小姐！別怕！我保證妳在這裡不會有事的！」

對方既然稱呼自己「小姐！」想必不會再責怪自己了。想到這裡，貝兒精神爲之一振。她說道：「我是想問你，可不可以替我修這個東西！」她從煤堆旁撿起那個茶色的紙包，用變成紅色的顫抖手指解開繩子。

腳和膝蓋因爲火車頭的火而感到熱，而肩膀則因呼嘯而過的狂風而發冷。火車頭向一邊傾

斜、搖晃，並咯咯作響。經過橋下時，耳根彷彿要豎立起來似的。

火夫用鏟子添了些煤炭。

貝兒打開茶色紙包，取出了玩具火車頭。

「我本來是以爲只有爸爸可以修好。」貝兒很稀罕似地說道。「但我想你是工程師，應該也會修才對！」

司機說自己要是眞有這麼能幹，一定會裝出一副神氣的模樣。

「修好再神氣還不遲！」火夫說道。

不過，當司機把小火車頭拿在手上檢視時，火夫也暫時停止了用鏟子加煤的動作，一起看這玩具。

「我怕會愈幫愈忙！」司機說道。「妳還要我們替妳修這個玩具嗎？」

「才不會愈幫愈忙呢！」貝兒說道。「只要是和鐵路有關的人，全都是好人。所以我想你一定也不會生我的氣，對不對？」她由他們友善的眼神找到了答案。

「我的工作是負責駕駛火車頭，這原本就和維修的工作不同——更何況這是個玩具。」皮爾說道。「而且妳的朋友或家人一定也很爲妳擔心，妳得趕快回去才成。」

「等一下火車停下來的時候，請讓我下車。」貝兒說道。她雙手緊握，她可以感覺到自己的脈搏急劇地跳動。「還有，可不可以請你借錢給我買一張三等車票？因爲我等一下要搭車回去……我不是報上常寫的那種騙子！絕對不是的！」

「妳再怎麼看都是一位淑女！」皮爾突然同情地說道。「我一定會讓妳平安回家的。至於這個火車頭嘛……喂！吉姆！你知道哪裡有焊槍嗎？我總覺得好像有個地方應該要黏起來才對！」

「爸爸也是這麼說吔！」貝兒乘勢說道。「那是做什麼用的？」

「是注射器！」

「注射？注射什麼？」

「那是鍋爐的注射器！」

「哦！」貝兒將這些話牢記在心好轉述給大家聽。「眞是有趣！」

「這是自動煞車器！」皮爾有感於她的熱中求知，遂繼續說道：「從這裡可以操縱那個把手……只要用一根手指頭——就可以讓火車戛然停止。這就是報上常說的科學的力量。」

他又給貝兒看兩個時鐘似的計量器，一個是顯示現在有多少蒸汽冒出來，另一個則表示餤一車目前是否正常。

在皮爾把發亮鋼鐵鍋爐的蒸汽停止之前，貝兒已經學習了許多前所未知，關於火車頭內部構造的知識。而吉姆則表示，他那個遠房表弟的太太的弟弟，一定能替她修好那個火車頭，否則至少也能查出到底是哪裡壞掉了。

除了學到許多知識外，貝兒現在也已經感覺到，自己和皮爾、吉姆將會成爲一輩子的好朋友。她知道他們兩人已經完全原諒她爬上神聖的煤水車這件事了。

在史坦克福連絡站時，貝兒和他們溫馨地道別。他們把貝兒託給回程的火車車掌——那是他們的朋友。

貝兒終於知道車掌們用那種不可思議的速度，究竟都在忙些什麼。而且她也知道了，乘客只要一拉客車中連絡用的繩子，車掌面前的齒輪就會轉動，耳邊也會響起很大的鈴聲。因此她十分高興。貝兒又問車掌，爲什麼貨車會有腥臭味，車掌回答，因爲每天貨車都會運載許多魚，而波浪形的地板之所以會這麼溼，則是因爲那些裝著比目魚、鰭魚、青花魚等魚類的箱子會流出水來的緣故。

貝兒在午茶時間之前回到了家。和家人分開的這一段時間裡，發生了多少事情啊！被那根釘子勾破衣服又是何其幸運啊！

「妳去哪裡了？」大家問道。

「當然是車站囉！」貝兒說道。但是有關於這一次冒險，卻隻字未提。

直到約定的那一天到來，她才帶大家去火車站。他們走向三點十九分通過的那班列車，貝兒得意地向他們介紹自己的朋友：皮爾和吉姆。在這之前，她完全沒提到這一件事。吉姆的遠房表弟的妻子的弟弟，果然如她所想的一樣，不是難以信賴的人。如吉姆所說的，玩具火車已經修好了，和原來的一模一樣。

「再見啊！再見！」貝兒向前追上火車頭道再見，並說道：「我永遠都喜歡你們兩位伯伯！還有，請替我向吉姆的遠房表弟的太太的弟弟問好！」

三個孩子爬上山坡，走在回家路上的時候，彼得緊擁著那如同失而復得般的火車頭，貝兒滿心歡喜地把自己那天差點成了火車頭盜賊的遭遇說給他們聽。

# 第五章 囚犯和被捕的人

那天母親到美伊敦橋去。母親是自己出門去的，所以孩子們就去車站接她。如同平常一樣，由於孩子們喜歡火車站，所以雖然明知火車很準時，不會提早到，但是孩子們還是很早就到了車站。如果是好天氣就好了，森林、原野、岩石、河川都會張開雙臂歡迎他們，那他們一定會更早到達。

然而很不巧，今天是個潮溼的日子。且到了七月，天氣又很冷。狂風呼呼地吹，天上有許多像菲莉絲所說的「夢中的象群」似的黑紫色雲層。由於又下了大雨，所以最後一段路他們是用跑的跑到車站。不久，雨下得愈來愈急，愈來愈大。賣車票那個地方的窗子和門口寫著一般接待室的那個房間窗子，都被雨點從旁邊敲擊。

「好像一個被包圍的城堡！」菲莉絲說道。「雨就是被城牆擋在外面的箭！」

「我覺得比較像用院子裡的水管在灑水。」彼得說道。

下行列車的月台溼透了，等待下行列車的乘客們都躲在小小的黑色屏風後避開正面遭受暴雨襲擊。於是，孩子們決定到上行列車的月台等候。在母親應該會搭乘的那班火車到站之前，應該還會有兩台上行列車和一台下行列車經過，所以這一段等候的時間內，可能還會有許多有趣的事情發生。

「到時候雨也該停了吧！」貝兒說道。「不過，還好有帶媽媽的雨衣過來。」

孩子們進去一個叫做一般接待室的地方。這裡貼了許多紙，而且沒什麼人會到這裡來。時間在模仿廣告的遊戲中愉快地過去了。那是類似比手畫腳的遊戲。玩的人一個一個輪流出去外面，進來以後，儘可能地模仿某一個廣告，其他人則猜測那究竟是什麼意思。

貝兒走了進來，撐起母親的傘，裝出可怕的表情坐下來，於是其他二人立刻知道她在表演雨傘廣告中的狐狸。菲莉絲用母親的雨衣演魔法地毯，可是由於雨衣硬梆梆的，不像魔法地毯一樣柔軟地飄盪，所以沒有人猜中。彼得跑到很遠的地方，找了些煤炭粉把臉塗黑，做出蜘蛛的樣子，大家立刻猜到他在模仿那個藍、黑墨水的廣告。

又輪到了菲莉絲，她想要表演某個旅行社旅遊廣告上的獅身人面像。不過這時候，上行列車抵達車站的信號剛好響起。孩子們的朋友——火車司機和火夫都在這個火車頭上，於是他們彼此互相打招呼。吉姆問他們那個火車頭後來的情況，並拿一包他太太自製的牛奶糖要請他們吃，但是貝兒一再推辭，不肯收下。

火夫又告訴他們，火車司機一直在考慮貝兒上次的請求，看是否也能讓彼得搭乘火車頭。

「退後了！孩子們！」司機突然說道。「嘿！走了！」

接著火車啓動了。孩子們目送著火車遠去，直到火車在轉角處消失不見。後來他們決定再回到一般招待室，繼續玩模仿廣告的遊戲。

孩子們還以為，這時候乘客應該都排隊給過車票，回家去了。剩下來的大概只有一、二個人。沒想到車站入口旁的月台竟是黑壓壓的人頭擠成一團。

「哇！」彼得興奮地叫道。「發生了什麼事？我們過去看看！」

來到了月台，但是即使他們下了月台，除了人群的背和手肘之外，他們什麼也沒看見。而大家七嘴八舌地吵成一片，最後才終於聽出到底發生了什麼事。

「我可以發誓！他真的沒做什麼壞事！」一個農夫模樣的男人說道。彼得看見了這個說話的男人，他的臉色泛紅，鬍子刮得很乾淨。

「你若對我這麼說，也同樣可以對警察說！」一個拿著黑色皮包的年輕男人說道。

「豈有此理！現在最重要的是去醫院……」

「喂！喂！讓開，請聽我說！」

這時候，站長用辦公事的語氣說道。

但是群衆一點也沒有移動的意思。接著，孩子們聽到了一個令他們心跳的聲音。那是外國話，而且是他們從未聽過的外國話。孩子們曾聽人說過法語和德語。安瑪阿姨就會說德語，她常唱些德國歌曲。這也不是拉丁語，彼得曾學過四學期的拉丁語。

但值得安慰的是——在這些群衆中，也沒有人知道他所說的究竟是哪一種語言。

「他在說什麼？」農夫緩緩問道。

「聽起來好像是法語。」只到過布洛紐一天的站長說道。

「不是法語！」彼得叫道。

「那你說是哪種語言？」另一個聲音問道。群衆都想看到底是誰在說話，因此不免稍微後退。彼得於是順勢向前鑽，等群衆又圍成圓圈時，他早已站到了最前面中心處。

「雖然我不知道他說的是什麼話。」彼得說道，「但絕不是法語，我可以確定這一點！」這時候，彼得終於知道大家爲何要圍在一起了。那裡有一個男人——大概就是剛才說外國話的那個人吧！彼得心想。留著長髮，眼神粗暴的這一個男人，穿著一件彼得前所未見的奇形污髒衣服。他的手和嘴唇顫抖著，眼睛注視著彼得，繼續在說話。

「不對！不是法語！」彼得說道。

「你既然這麼行，那就用法語跟他說說看吧！」農夫模樣的男人說道。

「你會說法語嗎？」彼得大著膽子，用法語詢問那名男子。接下來的那一瞬間，群衆又向後退了一步。因爲剛才一直靠著牆壁的那名眼神粗暴的男子，突然躍向前抓住了彼得的雙手，開始像河水決堤般說了一長串彼得不明其意，只知其發音的話。

「哈！」彼得的雙手仍任由那名衣服奇異而污穢的男子握住，得意洋洋地環顧群衆說道：

「哈！你們看！這才是法語！」

「他說什麼？」

「呃！不知道！」彼得不得不承認。

「喂！喂！」站長又說道。「對不起！請讓開！這裡讓我來處理！」

有些人或因膽小怕事，或因有事不便繼續耽擱，人潮逐漸散去，菲莉絲和貝兒因而得以靠近彼得。三人在學校時都曾學過法文，這時候不禁大爲後悔當初自己爲何不把法文學得更好一點。彼得對那個陌生男子點點頭，那個男子也同樣友善地揮揮手，但他們也只能夠儘量表現和善的樣子看著他。群衆中的一名男子猶豫了一會兒之後，突然用法語說了一句「不知道！」然後就滿臉通紅地自人群中衝向對面去了。

「把他帶去站長的房間吧！」貝兒對站長悄聲說道。「我媽媽會說法語，她會從美伊敦橋搭下班火車回來！」

站長突然，但非不友善地抓住那名陌生男子的手腕。但是那名男子掙脫了站長的手，不停地咳嗽著、顫抖著、推開了站長，身體蜷曲著。

「啊！住手！」貝兒叫道。「他一定很害怕吧！他一定是以爲我們要把他抓去關起來吧！你們看他的眼睛！」

「就像被陷阱抓住時的狐狸眼神一樣！」農夫說道。

「讓我試試看！」貝兒繼續說道。「讓我仔細想想，我一定能想出一兩句法語！」

在逼不得已的時候，人們常能做出一些偉大的事——也就是在日常生活意料不到的事。

貝兒以往學習法文的成績，在班上雖算不上是頂尖兒的，但是在未知的時刻，卻可以憶起她以前所學的東西。現在，一看到那雙粗暴，急迫的眼睛，她就回想起那些法語，她於是開口用法語說道：「請等一下！我的母親會說法語，我們……」接著她問菲莉絲：「『會對你很友善』用法語怎麼說？」

「友善不就是『彭古』嗎？」菲莉絲說道。

於是，貝兒用法語說道：「我們會對你很友善！」

那名男子也不知是否聽懂了貝兒所說的話，但是他應該可以感受到貝兒伸出來的手上所傳遞的友善訊息吧！貝兒又用另一隻手抓住了男子骯髒的衣袖。

貝兒靜靜地把那男子拉到站長聖殿似的房間去，其他的孩子也跟著一起走。站長在群眾的眼前把門關上了。群眾剛開始還站在車票販售處，盯著那扇緊閉的黃色門談論著，但不久之後就感到無趣而三三兩兩地離去了。

雖然進了站長室，但貝兒還是握著那名陌生男子的手，並繼續撫摸他的袖子。

「這可糟糕了！」站長說道。「沒有車票……連他是從哪裡來的都不知道。我看還是叫警察來比較好！」

「啊！請不要這樣！」孩子們一起請求道。這時候，貝兒突然擠進了其他人和那男子的中間。因爲她看見他在哭泣。

很幸運的，貝兒的口袋裡剛好帶著手帕。而更不得不稱爲偶然的，手帕居然還相當乾淨哩！於是，她站到那名男子的前面，在別人沒看到的情況下，悄悄地把手帕遞給了那男子。

「我們先等媽媽來再說嘛！」菲莉絲繼續說道。「媽媽的法語說得很好，就算光只是聽也十分有趣的！」

「我相信這個人沒做什麼應該給送進牢裡去的壞事！」彼得說道。

「我看也是！」站長說道。「等你們母親來，再聽他作何解釋也好！反正我也想知道他到底是哪一國的人！」

這時候彼得想到了一個好辦法。他從自己口袋裡拿出信封，信封中裝了許多外國郵票。

「哪！」他說道。「我把這些郵票給那個人看……」

貝兒看了看那名陌生男子，發現他已經用她的手帕把眼淚擦乾了。

於是，貝兒說道：「好吧！」

他們拿義大利的郵票給他看，用手指了指他和郵票，他們的疑惑盡寫在眉間。那男子搖了搖頭。接著他們又給他看挪威的郵票——那是一張普通的藍色郵票——但是那男子仍是否定的眼神。再下來則是西班牙郵票。只見那男子從彼得手上把信封拿過來，用顫抖的雙手尋找一張又一張的郵票。最後，在他一面比劃手勢的同時，他手上所選定的竟是一張俄國郵票。
「是俄國！」彼得叫道。「你們不是想知道他是誰嗎？從郵票不就可以知道了嗎？」
這時候，來自美伊敦橋的火車號聲響了。
「在他們帶母親到這裡之前，請讓我和這個人留在這裡！」貝兒說道。
「妳不怕嗎？小姑娘！」
「嗯！不要緊的！」貝兒看著那個未曾謀面的男子，覺得他彷彿就像一隻不會咬人的小狗一樣和善。「他不會傷害人的！」她說道。
她對那男子微笑，他也立刻報以微笑。那是完全釋然的那一種微笑。後來那名男子甚至笑出了聲音。到站的列車發出沈重的咻咻聲音經過前面時，站長和彼得、菲莉絲就出去接母親。當他們帶母親回來時，貝兒還握著那名陌生男子的手。
俄國人站了起來，很有禮貌地行禮致意。
接著母親就說起了法語。那男子也開口說話。
剛開始他們只是簡短地對話，最後慢慢變得長篇大論了。
孩子們觀察著男子和母親的表情，發現他所說的話讓母親感到憤怒、同情，而又可憐。
「啊！夫人！到底是怎麼回事兒？」站長再也按捺不了好奇心地問道。
「啊！」母親說道。「沒什麼啦！他是俄國人。他的車票遺失了，後來又生了重病。如果可以的話，我想帶他回我家。我看大家都很累了，我明天再向你說明他到底是什麼人！」

「妳難道不怕帶回一條『凍僵的毒蛇』嗎？」站長遲疑地說道。

「不會的！」母親爽朗地微笑說道。「我相信絕不會發生這種事。他在他們國內是一位非常偉大的人。他會寫書——都是非常好的作品——我也曾讀過幾本。不過，明天我再詳細地告訴你好嗎？」

母親再度用法語和那個俄國人交談，大家都從那個人的眼睛裡看到了驚訝、喜悅與感激。他站了起來，恭敬地向站長行禮致意，並很講究禮貌地扶起了母親的手。母親扶住了他的手，但是任誰都看得出來，是母親在幫他而非他在幫助母親。

「女孩兒們趕快先回家，在客廳升起火來！」母親說道。「還有，彼得去請醫生過來！」

但是去請醫生的人是貝兒。

「雖然我也不想說這種話。」貝兒一到了醫生家裡，就對穿著便服，正在整理花壇花草的醫生說道。「但是母親帶了一個很骯髒的俄國人到家裡來，而那個人一定也得加入您的俱樂部。但是我可以確定他也沒有錢。他是我們在火車站發現的！」

「發現！他迷路了嗎？」醫生一面把手伸進上衣的袖子，一面問道。

「嗯！」貝兒不假思索地答道。「沒錯！媽媽用法語說著他悲慘而偉大的人生。然後母親問他要不要直接請醫生到家裡來。他咳得好厲害，而且他還哭呢！」

「啊！別笑嘛！」貝兒說道。「拜託你不要笑！你如果見到那個人，你一定不可以笑哦！這是我第一次看到男人哭。我想連醫生也不知道那是爲什麼！」

夫雷司特醫生聽貝兒這麼一說，心裡不禁暗道，自己剛剛並不是在笑啊！

貝兒和醫生回到三根煙囪的屋子時，俄國人已經坐在原本父親常坐的那張安樂椅上，雙腳伸往明亮的柴火邊，喝著母親爲他泡的茶。「這個人的身心似乎都受了極大的耗損。」醫生說道。「劇烈的咳嗽，並非無法醫治，不過現在最好先讓他上床休息——而且一整晚都要升火。」

「那就到我房間好了。只有那個房間有火爐。」

母親說道。母親把火升起，不久醫生就幫忙將那名陌生男子扶到了床上。

母親的房間裡，有一個孩子們從未見它打開過的黑皮箱。現在，母親把火升好後，打開了這個箱子，取出了幾件衣服——男人的衣服——然後把衣服拿到火上烤。正在爲火爐添柴的貝兒，看見了睡衣上的記號，又往打開的箱子望去。裡面全部是男人的衣服，而且襯衫上還寫著父親的名字。但是父親卻沒有帶走這些衣服。那件睡衣是爸爸的新衣服，貝兒想起這件衣服是在彼得生日前才做的。爲什麼爸爸沒有把衣服帶走呢？貝兒衝出了房間，她跑出去時，還聽到了那口箱子上鎖的聲音。她的心臟激烈地跳動著。爸爸爲什麼沒有把衣服帶走？母親走出房間時，貝兒雙手緊緊地抱住了她的細腰低聲問道：「媽媽……爸爸該不會……該不會已經死了吧？」

「什麼！妳怎麼會有這麼可怕的想法？」

問了。

「我……我也不知道！」貝兒生自己的氣，她決定了，若是母親不願意說，自己也絕不再追

母親急忙抱住了貝兒。「爸爸上次才寫信回來，說他身體很好呢！」母親說道：「他總有一天會回來的，所以妳千萬不要有這麼可怕的想法喔！」

*

不久，那位陌生的俄國人愉悅地進入了夢鄉，於是母親來了女孩兒的房間。母親睡菲莉絲的床，而菲莉絲則在地板鋪上床墊，這對菲莉絲而言是個偉大而又有趣的冒險。這是他們原先的計畫。但是母親一進來，立刻就有兩個白色的影子站了起來，兩個熱切的聲音叫道：

「媽媽！跟我們談那個俄國人的事！」

接著，立刻又有一道白影竄入房裡，那是彼得，他的棉被拖在後面，活像一條白色尾巴。

「我們一直都忍著不問。」他說道。「爲了怕不小心睡著，就用牙齒咬著舌頭，一打瞌睡，就會咬到舌頭，痛得醒過來。哪！快說嘛！多說一點！」

「今天晚上不能說太多！」母親說道。「因爲我很累了！」

貝兒從母親的聲音可以察覺到，媽媽剛剛哭過了，但是他們兩人卻沒有發現。

「那就儘可能說一點好了。」菲兒說道。貝兒用手環住母親的細腰，緊緊摟住她。

「嗯！這個故事就像一本書一樣長。那個人是一位作家。寫了許多很好的書。在俄國的帝政

時代，大家都不可以說有財勢的人做了壞事，或是貧窮的人可以過更好的生活。要是有人說了這種話，就會被關進牢裡。」

「可是怎麼可以這樣呢？」彼得抗議似的說道。「人只有在做了壞事的時候，才應該被關進牢裡啊！」

「或者被審判官判爲做壞事時。」母親說道。「在英國也一樣。不過在俄國有一點不同，那人寫了一些該如何解救窮人的書，都是非常偉大的書，我也曾經讀過。那是除了善意和好意之外，別無他意的好書。但是這個人卻因此被送進牢裡。他被關進土牢，過了三年暗無天日、陰冷潮溼、害怕恐懼的生活。而且三年之間，牢裡只有他一個人。」

母親的聲音有些顫抖，突然停住了。

「可是，媽媽，」彼得說道：「現在應該沒有這種事情了吧！我總覺得這好像是歷史書上發生的事——就像宗教審判什麼的。」

「眞的有這種事！」母親說道。「眞的很可怕。而且後來他雖然出了監牢，但又被送去西伯利亞。他被人用鏈子和別的犯人綁在一起——他們都是犯了各式各樣的罪。他就和這些壞人一起——被人用長鏈綁在一起向前走，走了好幾天，好幾個禮拜，他幾乎要以爲自己這一輩子都要這麼永無止境走下去了。看守他們的人，在後面用鞭子抽打他們——沒錯！是鞭子——如果累得走不動時，就會被人用鞭子抽打。因此有些人的腳受傷到不能走路的程度，也有些人倒了下去。

若是無法站起來繼續走，就會被痛打一頓，然後委棄在地，任其自生自滅。眞是非常恐怖！最後他被帶到了煤礦，被宣告一生都得留在那個地方——一生啊！只因爲他寫了那麼好的書！」

「他是怎麼逃出來的？」

「戰爭發生時，他們准許犯人自願從軍。因此，那個人也自願加入了軍隊。他是趁機逃走的，然後……」

「但是那不是膽小的行爲嗎？」彼得說道。「何況還是在戰時呢！」

「你認爲他對如此對待他的國家還有什麼責任呢？即使有，也只有他的太太和小孩了。他也不知道他的家人到底變得怎麼樣了。」

「啊！」貝兒叫道。「他坐牢的時候，他的家人一定很悲慘！」

「沒錯！他坐牢時，心想家人的遭遇一定很悽慘。但是由於一直沒有消息，所以他想家人或許也都入獄了。因爲在俄國時常發生這種事。不過他在煤礦時，有一個朋友告訴他，他的妻子和孩子都已設法逃往英國了。因此他一脫逃成功，就立刻到這裡找他的家人。」

「他知道他們的住所嗎？」重實際的彼得問道。

「不知道！只是聽說他們在英國罷了。他要去倫敦，原本打算在這個車站轉車。但這時候卻發現他的車票和錢包都不見了。」

「啊！你看找得到嗎？——我是說他的太太和小孩，不是說車票和錢包。」

「這很難說！啊！讓我們爲他們祈禱吧！希望他能見到他的妻兒！」

連菲莉絲都察覺到，母親今天的聲音非常不平靜。

「媽媽！」她說道：「您也爲那個人的事感到非常難過吧！」

母親沒有立即回答。過了一會兒才說道：「是啊！」接著又陷了沈思。

孩子們也都安靜了下來。

不久，母親說道：「你們在祈禱的時候，就禱告說，願神憐憫所有囚犯和被捕的人吧！」

「憐憫，」貝兒慢慢地重複道：

「所有囚犯和被捕的人，我們爲他們祈禱！這樣好嗎？媽媽！」

「不錯！」媽媽說道。「爲所有的囚犯和被捕的人祈禱！」

# 第六章　火車的救星

那位俄國紳士隔天就好多了，又過了一天，情況更好，到了第三天，他已經可以走出院子。他們為他搬來了藤椅，他就穿著父親的衣服坐在那兒。衣服稍微大了一點，母親將袖子和褲管往上捲，於是就剛好了。由於他已經恢復了精神，也不再害怕了，所以他的表情溫和，看到孩子們的時候總是露出微笑。孩子們心想，這個人若是會說英語就好了。

媽媽寫了無數的信，給英國各地可能知道那名俄國人妻兒下落的人。但是母親卻沒有寫信給搬到三根煙囱的這間房子前，曾經來往的朋友們。她寫信的對象都是一些不認識的人，如議員、報刊編輯或社團幹部等。

母親也不大寫故事了，她總是坐在俄國人身邊的向陽處，做些校對之類的工作，並時時和俄國人聊聊天。

孩子們對這位因為替窮人寫了一些好書而坐牢，甚至被送去西伯利亞的男子，總是儘量表示自己的友善。於是他們就常常對他微笑。但是由於笑太多了，以至於臉都笑僵硬了，結果表情就變得好像鬣狗的笑容一樣。

這麼一來，友善的表情反而顯得愚蠢。於是他們又想出了另一個方法，也就是用花表達他們的心意。於是那名男子所坐的地方，開始放滿了乾燥的苜蓿花束、玫瑰和風鈴草。

不久，菲莉絲又想到了一個好主意，她意味深長地把大家叫到內院去，站在幫浦和打水桶之間那個別人看不到的地方說話。

「帕克司曾說過，如果他家院子長出草莓，就要先請我們吃，你們記不記得？」

所謂帕克司，你應該還記得吧！就是那位搬運工人嘛！

「我想草莓現在一定已經成熟了，我們去看看吧！」

母親由於答應站長要告訴他關於那個俄國人的事，所以她經常出去。但對孩子們而言，鐵路幾乎喪失了魅力。他們已經把注意力完全轉移到這名陌生男子身上，因此他們也已經有三天沒有去火車站了。

於是，他們今天就去拜訪久違的車站。

令他們吃驚而又失望的是，帕克司對他們的態度極度冷淡。

孩子們在搬運工人的房間外自門口向裡頭張望，帕克司竟然說：「噢！我眞是太榮幸了！」然後就繼續看報紙。

因此大家都心情黯淡，沈默了下來。

「哎！」貝兒嘆了一口氣說道。「你一定在生什麼氣！」

「我嗎？才沒有呢！」帕克司裝模做樣地說道。「你們要保密，那就繼續保密好了。我想說的就是這些而已。」

接下來是一陣沈默，大家都趕快搜尋各自內心的角落，看是否果然隱藏了什麼秘密。但是三個人都搖了搖頭。

「我們沒有隱瞞什麼秘密啊！」貝兒終於說道。

「有或沒有，」帕克司說道：「都與我無關，那麼，再見了！」帕克司將報紙橫阻在自己和孩子們之間，繼續看報。

「啊！別這樣嘛！」菲莉絲絕望地說道：「這樣子太過分了，你說到底是什麼事嘛！」

「我們又不知道什麼事，叫人家怎麼猜嘛！」

他還是沒有回答，把報紙翻了一面，帕克司開始讀另一欄的報導。

「等一下！」彼得突然叫道。「這不公平！就算眞的做了壞事的人，若沒告訴他究竟犯了什麼罪，就不能處罰他——除非是在俄國。」

「哦！你怎麼知道俄國的事！」

「爲什麼不知道。媽媽特地到車站來，跟站長或各位伯伯說明那位俄國人的事時，難道沒提這些嗎？」

「我哪有想到！」帕克司憤然說道。「我根本一點都不知道。他們進來這裡，又借用我的椅

子，說是因爲要聽夫人說話。」

「那你怎麼不一起聽呢？」

「壞就壞在這裡。因爲我一直問問題，結果那老頭子就叫我閉嘴，說什麼『那是國家大事，帕克司！』我原本還指望你們當中會有哪個人馬上就來告訴我呢！因爲你們以前有事要請我幫忙時，你們都會馬上到我這裡來！」——菲莉絲不禁想起了關於草莓的事，那些草莓現在一定都變成了紫紅色——「像火車頭怎麼了，號誌燈又怎麼了，你們都會跑來跟我說。」帕克司說道。

「可是伯伯不知道的事，我們也不知道哇！」

「我想你們母親可能有告訴過你們嘛！」

「也許那只不過是一些老消息罷了！」

三個人又這麼說道。

帕克司說，那就算了。接著又再度高高地拿起報紙。這時候，菲莉絲突然把報紙扯開。她雙手抱住了帕克司的頭。

「哪！讓我親你一下，然後和解好嗎？」她說道。「如果我們眞的知道，那一開始我們就會向你道歉並告訴你。但是你不知道的事，我們眞的也不知道哇！」

「眞對不起！」其他二人說道。

於是，帕克司終於接受了他們的說法。

不久，孩子們簇擁著帕克司到外面去。他們坐在長滿了綠草，幾乎變熱的鐵道土堤上，然後一個個輪流，有時則一起搶著說，向搬運工人報告那個俄國人的事情。

「嗯！原來如此！」帕克司說道。在這之前，帕克司所說的話只有：「然後怎麼樣了？」

「唔！太過份了吧！」彼得說道。「伯伯想知道那個俄國人的事也沒什麼不對啊！」

「我也不是說很想知道啦！其實我也沒什麼興趣啦！」搬運工人說道。

「吉爾斯站長應該把這些話全都告訴你才對啊！他眞是太那個了！」

「話雖如此，但也別把那個老頭子講得一文不値了。小姑娘！」搬運工人說道。「爲什麼呢？我眞不懂。我又不會出賣自己人。而且眞要有些什麼事的時候，我一定會幫忙自己人。如果說那個長頭髮的傢伙是日本人，或許我還有可能出賣他。」

「日本人總不至於比俄國人更壞，更殘酷吧！」貝兒說道。

「很難說！」帕克司愼重地說道。「我們對外國人都不能掉以輕心！在我看來，這些傢伙全是同類！」

「那你爲什麼單挑日本人講啊！就像自由黨和保守黨一樣，你總得選擇其中一個。不過最重要的是你到底要選哪一邊。」

信號響了。

「是三點十四分的上行列車。」帕克司說道。「我們在她經過之前先到鐵道那邊去吧！然後就去我家，看上回我跟你們提過的草莓熟了沒有。」

「如果成熟了，你是不是會給我們？」菲莉絲問道。「然後，我可不可以再把草莓送給那個可憐的俄國人？」

帕克司瞇起了眼睛，然後揚起了眉毛。

「那麼，你們今天就是爲了草莓才到這裡來的吧？」

菲莉絲一時手足無措。若說「是！」不免顯得自己狡猾又貪心，而且對帕克司也太殘忍了。但是若說「不是！」自己等一下一定會因爲撒謊而感到十分難受。

「是！」她說道。「沒錯！」

「很好！」搬運工人說道。「終於說實話了！」

「可是，我們如果知道伯伯不知道那個俄國人的事，我們一定隔天就立刻來告訴你了！」

菲莉絲補充說道。

「我可以相信妳嗎？小姑娘！」帕克司說著就在逼近列車的六呎前躍過了鐵軌。

女孩兒們看得心驚膽戰，但彼得卻非常高興。他覺得十分有趣。

由於那位俄國紳士很高興他們送他草莓，所以三人又開始煩惱了。因爲他們實在想不出還有什麼可以讓他更加高興的方法了。他們想破了腦袋也只想到野櫻桃之類的東西。而那個好主意，則是在隔天的清晨想到的。

他們曾見過櫻花在春天盛開時的那種光景。現在已到了這個季節，他們知道在哪兒可以找到櫻桃。那種樹生長在隧道口邊緣的高處。那裡還有白樺、山毛櫸、橡樹等樹木。而櫻花就在這些綠樹的掩映下散放著銀色的光芒。

＊

由於隧道口離三根煙囪的屋子有一段距離，所以母親把便當放在袋子讓他們帶去。而且他們如果找到了櫻桃，也正好可以用袋子裝回來。而為了怕他們錯過了午茶時間，母親還特地把銀色的錶借給他們。因為彼得那隻防水手錶自從掉進水桶以後，就再也不曾走動了。接著他們就出發了。一到了隧道口上緣，大家立刻靠往柵欄邊。菲莉絲將之稱呼為「山的食道」，並俯看鐵路貫通處。

「如果下面沒有鐵路，恐怕根本不會有人經過那裡。」

鑿開口的側面有一塊被削切過的大灰石。岩縫間有花有草，小鳥則忙著啄食掉落在石縫間的種子，有時也停留在草叢樹上或飛到隧道口底下。隧道旁有一道降至鐵路的階梯。但與其說那是一道極陡的階梯，倒不如說它是個梯子還來得像一點。

「我們還是下去吧！」彼得說道。「我們從階梯旁邊採櫻桃會比較容易。上回我們供在兔子墓上的櫻花，不也是從那兒採的嗎？」

於是，他們沿著柵欄，走向楷梯上面的木門處。

就在他們快到達木門時，貝兒突然說道：「啊！等一下！那是什麼？」

那東西的聲音非常奇妙。雖然聲音不大，但是在吹過林間的風聲，和咻咻作響的電線聲之間，卻可以聽得清清楚楚，他們豎起耳朵傾聽時卻停止了。接著又來了。

這一次，那聲音不再停止，反而漸漸升高，開始沙沙，咯嗒咯嗒作響。

「你們看！」——彼得突然叫道——「那棵樹！」

他所指的那棵樹，有著厚厚的灰色葉子和白色的花。從這裡看，它的果子是漂亮的火紅色，孩子們知道他們若把果子摘下，等帶回家的時候一定就變成黑色了。順著彼得的手指望去，只見那棵樹正在搖擺著——它不是隨風搖擺的那種搖動方法，而是好像活的東西一樣，全身都在移動，彷彿要走向鑿開的洞口邊緣似的。

「它在動的！」貝兒說道。

「啊！你們看！其他的樹也一樣！就像是馬克的森林一樣！」

「是魔法！」菲莉絲深吸一口氣說道。「我以前就一直在想鐵道可能擁有魔力！」

這看起來眞的就像魔法一樣。

距鑿開洞口方向約二十碼的地方，有一些樹聚集在鐵路那一面，看起來彷彿在走路一般。而那灰色葉子的樹木，就好像追逐著綠色羊群的牧羊人似的。

「爲什麼？爲什麼會這樣？」菲莉絲說道。「我看見魔法了。好可怕！我們回家吧！」

但是貝兒和彼得仍手緊牽著手，屏氣凝神地看著這一切。這麼一來，菲莉絲當然也不可能自己一個人回家了。

樹木仍繼續搖動著，無數的石頭和鬆掉的泥土紛紛掉落在下面的鐵路上。

「全都掉下去了。」彼得想開口說道。但是他發現自己竟發不出聲音。後來他好不容易覺得可以說得出話的時候，那群走動樹木生長處最高點的那個大岩石已經傾向了一邊。樹木停止了走動，怔怔地站在那兒，彷彿在猶豫些什麼。接下來，岩石、樹木、草、草叢全部一起開始沙沙作響，而這時候，那開鑿口的表面全陷落了下去，那聲響恐怕連半哩遠的地方都聽得見。一時只見塵土飛揚，泥土、石塊全落到了鐵軌上。

「哇！」彼得激動得大叫道。「就好像我運煤炭的時候一樣──如果地下室沒有屋頂，那我們就能俯視地下室了。」

「你們看，那裡有一座好大的山！」見兒說道。

「是啊！我們現在是在下面鐵路的正上方呢！」菲莉絲說道。

「我們得把那些東西移開才行！」貝兒說道。

「嗯！」他又說了一次，但還是懶洋洋的。

接著他站了起來。

「十一點二十九分還沒有經過。我們得通知火車站，否則一定會發生很大的交通意外。」

「快走吧！」貝兒說道。於是大家開始跑步。

但是，彼得突然大叫：「等一下！」然後看了看媽媽的錶。雖然他一向是非常乾脆，非常實際的。但這時候，他的臉色卻變得前所未有的蒼白。

「沒時間了！」他說道。「到火車站至少有十哩，而現在已經過十一點了。」

「那怎麼辦呢？」菲莉絲吸了口氣說道。「我們總得想想辦法呀！看能不能爬上電線桿，或用電線做些什麼？」

「我也不知道該怎麼辦才好！」彼得說道。

「在戰爭時是這麼做的嘛！」菲莉絲說道。「這是我聽人家說過的。」

「那是截斷鐵路時的做法，笨蛋！」彼得說道。「何況那些事我們也辦不到。我們既不會剪電線，也不會爬電線桿。不過若是有什麼紅色的東西，我們倒是可以站在鐵軌上揮動。」

「可是，火車要轉過彎來才看得見，等他們看見我們的時候，他們也已經可以看見土堆了。」菲莉絲說道。「要找一個更容易看見，比我們更大的東西才行！」

「要是有什麼紅色的東西，」彼得重複說道：「我們就可以到轉角處向火車揮動。」

「我們光是揮手就行了嘛！」

「這樣他們會以為我們只是像平常一樣揮手打招呼。因為我們一年到頭都會向他們揮手啊！哎！先下去再說！」

他們走下那個陡急的階梯。貝兒臉色發青，渾身發抖。彼得的臉顯得比平常更削瘦。菲莉絲臉色泛紅，顯然十分擔心。「啊！怎麼這麼熱啊！」她說道。「我本來還以為今天會很冷呢！要是能把衣服脫掉就好了……」說著她就陷入了沈默。

緊接著，她就用完全不同的語調叫道：「我們的法蘭絨襯裙！」

貝兒從階梯下面轉過頭來。

「沒錯！」她也叫道。「那是紅色的。快脫下來！」

兩人把襯裙脫了下來，夾在腋下，經過那些剛才掉落的石頭、岩石、泥土及斷折的樹木旁邊，到了山下，沿著鐵路奔跑。他們以最快的速度向前跑，彼得在最前面，女孩兒們也沒有落後太多。他們繞過那個覆蓋了一個大土堆的轉角，來到沒有半點彎曲，完全一直線的鐵路處。

「來吧！」彼得說著就抓起了比較大的那一件襯裙。

「難道……」菲莉絲吞吞吐吐地說道。「難道非撕破不可嗎？」

「少囉嗦了！」彼得繃著臉說道。

「當然啦！沒關係！」貝兒說道。「隨妳愛怎麼撕！妳不知道嗎？菲莉絲。如果我們不能讓火車停下來，就會發生很可怕的交通事故。那將會死掉很多人。啊！太可怕了！咦！彼得！你不從腰部皮帶處撕開嗎？」

她由彼得手中取過紅色的法蘭絨襯裙，發現它自距腰部約一呎處裂開。另一片也一樣。

「這樣！」彼得邊撕邊說道。他把兩件襯裙各撕爲三等分。

「現在我們可以做六面旗子。」他又看了看錶。「還有七分鐘，趕緊做旗子！」

男孩兒所拿的刀，很奇怪，很少是銳利的鋼刀。所以他只能砍下一些小樹枝，然後把上面的枝葉去掉。

「在旗子上挖洞，然後把棒子穿進去！」彼得說道。用刀子在法蘭絨上穿洞是綽綽有餘的。他們將下行方向鐵軌枕木下的石頭堆成小石堆，然後將兩面旗子插在上面。而菲莉絲和貝兒各執一面旗子站著，等一看到火車就立刻開始揮動。

「我拿剩下的這二支！」彼得說道。「因爲揮動紅色的東西是我想出來的方法！」

「可是，這是我們的襯裙！」菲莉絲反駁道，但是貝兒打斷了他們的爭執，「誰揮幾枝旗子還不都是一樣!!能救火車就好了！」

十一點二十九分自車站開出的火車，到達他們目前所在的位置的時間，不知是彼得計算有誤，或者是火車誤點，總之，他們等了很長的時間。

菲莉絲已經開始焦躁不安了。

「那個錶會不會有問題？說不定火車已經經過了！」她說道。

彼得由於手持二面旗子，原本應該顯得威風凜凜才是，但他現在的氣勢也已經減弱了。而貝兒情緒激動，所以心情也好像不太好。

他們覺得彷彿過了一段十分漫長的時間。

他們拿著這麼簡陋的法蘭絨紅旗，還有那插在一旁的旗子，會不會沒有人注意到呢？也許火車沒注意到，就這樣直接轉過那個轉角，一頭撞進那個可怕的大土堆，然後車裡的人全死了。貝兒雙手發冷、顫抖，幾乎連旗子都要拿不穩了。這時候，他們開始聽到遠方傳來卡嗒卡嗒的金屬聲音，而且他們也看到了鐵路正前方有白色的蒸汽噴出。

「站穩了！」彼得叫道。「拚命揮！就算被這些大樹茂盛的葉子擋到了也要儘量用力揮！不要站在鐵路上！貝兒！」

火車咕咚咕咚地以極快的速度前進。

「沒看見！他們沒看到我們！不行！」貝兒叫道。

插在鐵路上的兩根旗子，由於受到火車逼近的衝擊，石堆倒了下來。一支旗子慢慢地倒向鐵路上。貝兒躍了過去，抓住那支旗子，拚命揮舞。這時候，她的手已經不再發抖了。

火車仍以一貫的速度前進，已經來到了眼前。

「別站在鐵路上，笨蛋！快過來！」彼得激動地叫道。

「不行！」貝兒又說道。「退後！」彼得突然叫道。

他抓住了菲莉絲的手，把她往後拉。

但是，貝兒又叫道：「不行！還是不行！」然後她就抓了兩支旗子，站在鐵路上揮舞。火車頭的正面看起來要比從後面看大多了。而它的聲音也大得令人震耳欲聾。

「喂！停車！停車！停車！」貝兒叫道。

但是根本沒人聽得見她的聲音。連彼得和菲莉絲都聽不見。因爲那逐漸逼近的列車，早已用它像大山一般的聲音把貝兒的聲音完全掩蓋住了。不過，後來貝兒終於想到火車上的人可能聽不見。應該說根本聽不見。可是，他們居然好像完全聽到了——因爲那快速飛馳的火車竟然慢了下來，最後在距離貝兒站在鐵路上揮舞旗子不到二十碼的地方停了下來。

她看見那巨大的黑色火車頭猶如死了般地停在她面前，不知道爲什麼，她那揮動著旗子的手竟無法停止下來，緊接著，司機和火夫從火車頭上下來。

彼得和菲莉絲靠了過去，喘著氣告訴他們轉角處有一座泥山似的土堆。而這時候，貝兒仍繼續在揮動著旗子。只不過揮動的力量漸漸變弱了。

當其他人回頭看時，只見貝兒雙手前伸，手上仍緊握著小紅旗，就這樣倒臥在鐵路上。

司機把她抱上了火車，把她放在一等車的座位上。

「她只是暈過去了。」他說道。「眞可憐！也眞難爲她了！我去看一下那個叫做泥山的土堆。然後我就帶大家回車站。你們先看著這孩子！」

「我想死掉的時候，大概就是這種樣子吧！」菲莉絲悄聲說道。

「笨蛋！」彼得尖聲罵道。

C E Brock

他們坐在躺在藍色椅子上的貝兒身旁。火車往回開。

在抵達火車站之前，貝兒吐了一口氣，睜開了眼睛，然後她就躺著哭了起來。這麼一來，他們二人才鬆了口氣。他們都見過貝兒哭，但可沒見過她暈倒。而其他人也都沒有暈倒過，所以他們完全不知道昏倒的時候該怎麼辦。但是如果只有哭泣，那可就好辦了。只要像平常一樣，拍拍她的背，勸她別再哭那就成了。

——後來等她止住了哭，想到自己膽小到暈了過去，竟然還能笑得出來哩！

＊

「到了車站，他們三人立刻成了聚集在月台上的群眾眼中的「英雄」。

大家稱讚他們「緊急處理」、「常識豐富」、「腦袋靈活」等等，把他們從頭頂誇獎到腳底。菲莉絲覺得非常滿意。她以前從來沒當過英雄，所以這種感覺特別強烈。彼得則是面紅耳赤，不過當然也是很高興。只有貝兒希望眾人別這麼稱讚他們，她恨不得趕緊逃離這裡。

「總公司以後可能會有什麼通知。」站長說道。

貝兒真不希望再聽到這些話——因此，她拉了拉彼得的上衣。

「趕快走啦！走啦！我想回家了！」她說道。

於是，他們就回去了。他們要離開的時候，站長、搬運工人、車掌們、司機、火夫和乘客都鼓掌歡送他們的離去。

「哇！你們有沒有聽見？」菲莉絲說道：「他們這樣稱讚我們呢！」

「嗯！」彼得說道。「還好我想到要揮動紅色的東西！」

「我們居然剛好穿了紅色的法蘭絨襯裙，運氣眞是太好了！」菲莉絲說道。

貝兒什麼話都沒說，她正在想著那個可怕的泥山，以及火車猛衝過來的那時候。

「我們還救了大家呢！」彼得說道。

「如果大家都死了，那就太可怕了！」菲莉絲說道。「妳說是不是呢？貝兒！」

「可是，我們也因而無法去採櫻桃了啊！」貝兒說道。

他們兩人不禁覺得貝兒十分無情。

# 第七章　接受表揚

說了太多貝兒的事，希望您別見怪。但是我實在是愈來愈喜歡貝兒。眞的是愈看愈喜歡！因此，也不由得被與她有關的事物所吸引。

例如，她爲了別人的幸福煞費苦心，而且，她也能保守那很難不說出口的秘密，此外，她還能默默地同情別人。她的表現或許顯得有些遲鈍，但她並非是眞的遲鈍。也就是說，當她知道了別人的不幸之後，不會整天將同情的話掛在嘴邊，她只會默默地去關懷，幫助那些不幸的人。貝兒就是這種人。

她很明白母親的不幸——但是母親卻絕不肯說出理由來，因此，貝兒比以前更加關愛母親。身爲一個女兒，不用說她有多想知道不幸的理由了。但是她卻連一次也沒問，這是需要訓練的。這也正是經由思考後所表現出的體貼、溫柔。

在有什麼事情的時候——發生很棒的、高興的、普通的事情的時候——野餐或遊戲時，或是在午茶時間吃甜麵包時，貝兒的心裡都一直在想著：「媽媽遭遇到了不幸，爲什麼呢？我不知道。媽媽也不想讓我知道。因此我也不想問。但是媽媽是不幸的。爲什麼呢？不知道。媽媽！

我……」她不知該如何停止去想這些事，只能任這些想法如旋律般在心中反覆迴盪。

那位俄國紳士仍繼續牽引著每個人的心。那些編輯、社交社團的幹事及代議士等人，對於母親的去信，都儘量把所知道的事情回信告訴母親。但是卻沒有人知道史傑班司基先生（我沒提過那個俄國人有一個如此俄國化的名字嗎？）妻兒的所在。

貝兒的特質看在別人眼裡，也許會產生好幾種不同的說法。有人可能覺得她太過於干涉別人，有人可能說她是雪中送炭，有人可能說她非常親切！總之，她就是喜歡幫助別人就對了。

貝兒一直在煩惱，該如何協助這位俄國紳士尋找他的妻兒。他現在已經學會一些英語了。如「早安！」「請！」「謝謝！」等。而孩子們帶花回來時，他會說「漂亮！」問他昨晚有沒有睡好時，他會回答：「非常好！」

他在說「他的英語」時，總是面帶微笑，而他不說話時，貝兒也覺得他仍是十分親切的。她一直把他的笑容牢記在心底。也正因爲如此，她更覺得自己無論如何，一定要想法子幫助他，可是她實在沒辦法。不過她發現自從他到家裡來以後，母親較以往開朗了，因此她也感到很高興。

「我喜歡母親對任何人都這麼親切。雖然她還得照顧我們。」貝兒說道。「其實她一定也不喜歡把爸爸的衣服拿給他穿，但所謂『有苦有樂』，這也是不得已的。」

揮舞小小的紅色法蘭絨旗子，和彼得、菲莉絲救了火車之後，雖然經過了幾天幾夜，但是貝兒在深夜裡還是會再看到那可怕的泥山，以及火車頭全速猛衝過來的情景。接著她就一面尖叫，一面顫抖地醒過來——然後，她就想到他們已經圓滿地完成了任務，所有的人都安全了。每當想到自己和彼得、菲莉絲以及紅色的法蘭絨襯裙眞的救了所有的人，她就會感覺到有一股喜悅的暖流在全身游走。

這天早晨，來了一封信，收信人是彼得、貝兒和菲莉絲。三個人一向很少收到信，因此他們非常好奇地把信打開。信上是這麼寫的——

親愛的紳士、淑女們——閣下於本月××日，對原本即將發生慘痛變故的列車示警，使其得以免於危難，爲了向閣下機警、勇敢的行爲表達最高的敬意，謹備薄禮一份。請於本月三十日下午三時駕臨××火車站參加頒獎典禮，敬請務必光臨！

南北鐵路公司秘書長
傑培茲・安格爾維多　敬上

三個孩子從生下來到現在，從未想過自己竟然可以得到這種榮譽。因此他們跑到母親那兒去，把信拿給母親過目。母親也認爲這是一項榮譽。

聽到母親這麼說，孩子們更加感到高興。

「不過如果他們所贈送的是獎金，你們就要說『謝謝！可是我們不能接受』！」母親說道。

「我現在就去洗印第安平紋細布做的那幾件衣服！」母親補充說道。「在這種場合，一定要穿著整齊才行！」

「菲兒和我去洗！」貝兒說道。「您只要幫我們熨衣服就好了，媽媽！」洗衣服非常有趣。你也洗過衣服吧！這種特別的清洗工作是在廚房內窗下，有著石頭地板和大石頭水糟的地方進行的。

「我們把熱水倒進水糟。」菲莉絲說道：「然後再學媽媽在法國看到的野外洗衣人一樣來洗衣服！」

「可是那些洗衣店的人是用河裡的冷水洗衣服。」彼得雙手插在口袋中說道。「可不是用什麼熱水洗衣服！」

「現在就假設這個河水是熱的嘛！」菲莉絲說道。「對了！親愛的哥哥！能不能請你去替我們燒熱水呢？」

「要我幫忙的時候，我就成了親愛的哥哥啦！」彼得口中雖這麼說，還是去幫忙了。

「接著我們就用力搓、用力洗、拚命搓！」當貝兒萬分謹慎地將沈重的水壺由廚房的火上提過來的時候，菲莉絲笑鬧著說道。

「不行！」貝兒吃驚地說道。「平紋細布不可以搓揉。我們將煮過的肥皂倒入熱水中，就會充滿泡沫——然後我們就將平紋細布放進去攪動，再輕輕地擠出水分。這樣就能洗淨所有的髒地方了。像桌布、被單等也都是要像這種洗法！」

紫丁香和玫瑰花在窗外迎著微風搖曳。

「今天是適合晾乾衣服的好天氣——這也是很重要的！」貝兒用大人的語氣說道。

「啊！當我們穿上這件印第安平紋細布衣服的時候，心裡不知道會感到多高興呢！」

「是啊！」菲莉絲一副相當熟練的模樣，一面攪動、擠乾那平紋細布衣服一面說道。

「現在把肥皂水擠乾吧！不行！不能扭絞！接著再繼續清洗。妳和彼得把熱水倒掉，在你們把乾淨的水端來之前，我先拿著衣服。」

「頒獎！有獎品地！」彼得在姊妹賣力地清洗衣夾，擦晾衣繩、晾衣服時說道。「會是什麼獎品呢？」

「什麼都好！」菲莉絲說道。「我最想要的東西是像的嬰兒……可是，我想那些人一定不知道。」

「會不會是火車頭的金色獎牌？」貝兒說道。

「或者是一個我們阻止火車那個地點的大模型。」彼得說道。「上面可能會有一個小小的火車模型，還有跟我們穿相同衣服的人偶，以及司機、火夫和乘客。」

「可是，」貝兒拿著門外掛在棍子上的粗紋毛巾，一面揮動一面毫無自信地說道：「我們救了火車的這件事，真的應該受到表揚嗎？」

「我覺得應該！」彼得率直地答道。「所以我認爲我們沒有拒絕的必要。貝兒！妳不是也覺得這是一件好事嗎？」

「是啊！」貝兒還是沒什麼自信地說道。「我的確是這麼想。可是我又認爲我們完成了一件應做的事就該感到滿足了，除此之外，不該再奢求什麼了。」

「誰又奢望其他的東西了？笨蛋！」她弟弟說道。「獲頒維多利亞勳章的士兵，難道是因爲他奢望獲獎嗎？但是最後得到了獎章，他心裡一定很高興。我想大概是獎牌吧！那等我們很老很老的時候，還可以拿給我們的孫子看，告訴他們『這是我們見義勇爲所獲頒的獎牌！』這樣孫子一定也會感到很光榮！」

「這樣一來，我們豈不是一定要結婚才行囉！」菲莉絲認眞地說道。「否則我們就沒有孫子了！」

「是啊！我想早晚都是要結婚的。」彼得說道。「可是，如果一年到頭都待在太太身邊，一定會被煩死的！我希望能和一個處於昏睡狀態的女人結婚，她一年只要醒來一、二次就好了。」

「那麼你太太只要說完：『你眞是我的光榮！』她就可以繼續昏睡了。嗯！其實這樣也挺不錯的！」貝兒說道。

「我如果結婚的話，」菲莉絲說道：「一定要嫁給一年到頭都清醒著的人。這樣他才可以隨時告訴我：『妳眞是了不起！』」

「我倒認爲我的做法比較好。」貝兒說道：「我想和一個很貧窮的人結婚，雖然樣樣都得自己動手，但是他非常非常地愛我。每天晚上他工作回來的時候，都可以看到廚房的炊煙自樹林間緩緩升起……啊！對了！對了！我們要回信告訴他們，頒獎的時間和地點我們都沒有問題。這裡有肥皂，彼得！我們的手都洗乾淨了。菲兒！妳那兒有生日時收到的粉紅色便箋吧！」

他們花了一點時間決定要寫些什麼。但是由於母親又爲他們做了修改，所以等到他們決定好要如何來寫的時候，那有著金色波浪鑲邊的粉紅信紙，以及在角落繪有四片綠葉的荷蘭紫雲英信紙，已經被他們糟蹋掉好幾張了。最後他們終於寫好了信，並簽上了自己的名字。

信上是這麼寫的——

親愛的傑培茲・安格爾維多先生——謝謝您！向火車示警只是舉手之勞，不足掛齒。承蒙您的抬愛，屆時我們一定準時赴會。謝謝！

敬愛您的小朋友　敬上

最後是署名，然後又附註了一條——《附註》：感謝您！

「所謂洗衣服，聽起來就比熨衣服要來得柔和。」貝兒將洗乾淨的衣服從曬衣繩上取下時說道。「眞高興可以穿上這麼漂亮的衣服。啊……我要怎樣按捺等待頒獎那天到來的興奮!?」

＊

終於——他們覺得等待了好久好久——到了這一天，孩子們在約定的時間抵達了火車站，所有事物變化太大了，以至於他們恍若置身於夢中。站長出來迎接他們——穿著最好的衣服。彼得立刻注意到了——接著他們被引進那個以前他們玩模仿廣告的接待室。房間也有了很大的變化。鋪上了地毯——壁爐和窗台上放著玫瑰花瓶，而咕咕旅社、天寶美容院、巴黎到里昂的火車車票等廣告，也被聖誕節的樅樹或像月桂樹般的綠枝擋住了。

搬運工人也在這裡，這裡有好多好多人——有兩、三個穿著漂亮衣服的女人，和許多戴著大禮帽，穿著大禮服的紳士——他們都不是火車站裡的人。孩子們心想，他們之中，可能有些是他們揮舞紅色旗子那天坐在車上的乘客。

最棒的是那個老紳士也在。他的上衣、帽子和領子都比別人醒目。老紳士和孩子們握手，接著大家都坐到了椅子上。戴著眼鏡的紳士——後來才知道他就是管理局長——開始了一篇很長的演講——講得實在很好。

不過，我們在這裡也不再敘述了。第一，是因爲你們一定會覺得很無聊。第二，這麼做，會令孩子們覺得很不好意思，面紅過耳，所以我要是不趕快轉變話題，他們一定會受不了。第三是因爲這位紳士實在說了太多的話，我沒時間把它全寫在這裡。總之他就是稱讚孩子們的沈著和勇氣就對了。他演講完畢就坐回了座位，大家都鼓掌叫好。

接著，那位老紳士站了起來。他又說了些什麼，然後就開始頒獎。老紳士喊著孩子們的名字，然後致贈他們十分精美的金錶。錶內側除有新主人的名字之外，還刻了以下的字——

南北鐵路理事會敬贈

為閣下於一九○五年×月×日預防事故的勇氣與機警行為致敬

手錶是超乎想像的美麗，而且它附了一個藍色的皮袋子。

「趕快去發表一篇感謝大家的演講！」站長附在彼得耳邊悄聲說道，並把他推向前去。

「你可以用『各位紳士、淑女』做爲開頭。」站長補充說道。

孩子們已經在各種適當的時機說過「謝謝」了。

「呃……這……」彼得說道。他是被推上前的，根本無法反抗。

「各位紳士、淑女！」他用相當嘶啞的聲音說道。接下來的小小段時間裡，他甚至可以聽到自己心臟跳動的聲音。「各位紳士、淑女！」他很焦急，接著繼續說道：「大家對我們眞是太好了，我們一輩子都會珍惜這個手錶的。但是我們所做的只是微不足道的小事，實在不值各位如此誇獎。我實在太緊張了，現在我想說的只有——非常感謝各位！」

人們拚命地拍手，掌聲比剛才管理局長演講完時還要大，大家都和孩子們握手致意。

孩子們到了不至於失禮的時候，就立刻離開了那裡，將錶拿在手上，跑上了通往三根煙囪屋子的山坡。

這眞是很棒的一天。這對任何人而言，都是十分稀罕的經驗，大多數的人，或許直到生命結束的最後一天，都還不曾有過這麼一天呢！

「我還想和那位老紳士說些其他的話。」貝兒說道。「可是那裡是公共場所……就像在教堂似的。」

「妳想說些什麼？」菲莉絲問道。

「我要先想一想再說。」貝兒說道。而她想一想之後，寫了一封信如下——

親愛的老紳士：我有一件事情很想請教您。若是您下了火車之後，可以改搭下一班車的話。我不是想再向您要些什麼東西。媽媽已經說過不可以這麼做。而我也不是想再拜託您做什麼事。我只是想問您囚犯和被捕的人的事情而已。

最敬愛您的小朋友

貝兒　敬上

貝兒請站長將這封信轉交給老紳士。隔天，她就要求彼得和菲莉絲，在老紳士搭乘的那班火車經過時，和她一起去火車站。

貝兒把自己的計畫告訴兩人——兩人也能完全理解。他們把手和臉洗乾淨了，再梳好了頭髮，儘可能把自己打理得整整齊齊的。而一向較沈不住氣的菲莉絲，慌慌張張地把檸檬水失手打翻在衣服上。但是已經沒有時間再去換衣服了。偶爾有從煤礦方向吹來的風，這時候，菲莉絲的連身裙上就立刻沾滿了灰色的煤粉，這全拜那黏黏的檸檬水所賜。結果菲莉絲看起來活像彼得口中的「小小流浪兒」。

於是，菲莉絲決定儘量躲在他們兩人背後。

「老紳士一定不會發現的。」貝兒說道。「因爲上了年紀的人，眼睛總是比較不好嘛！」可是，從老紳士下了火車，朝月台方向東張西望的模樣看來，他的眼睛倒不像有任何不好的地方。

終於到了這個時候，三個孩子反而開始害羞了起來。他們只覺得耳根開始發熱，手心冒汗，鼻尖也泛起了粉紅色的亮光。

「啊！」菲莉絲說道。「我的心臟像蒸汽火車頭一樣跳個不停……肩帶下面也是一樣……」

「笨蛋！」彼得說道。「人的心臟不是在什麼肩帶底下！」

「我怎麼知道嘛！……可是，我真的有這種感覺嘛！」菲莉絲說道。

「如果照詩集裡的說法，」彼得說道：「那我的心臟是在我的嘴巴裡。」

「我的心臟在靴子裡。如果照這樣說的話。」貝兒說道。「不過大家要鎖定一點，別讓他以為我們很愚蠢。」

「醜媳婦總得見公婆的。」彼得面帶愁容地說道。於是，他們只能一起迎向老紳士走去。

「啊！」老紳士和他們一一握手。「眞高興見到你們！」

「麻煩您特地下車，眞是抱歉！」貝兒渾身是汗，客氣地說道。

老紳士牽著她的手，把他們帶往那個以前他們玩模仿廣告遊戲的接待室。菲莉絲和彼得尾隨在後。「哪！」老紳士放開貝兒的手之前，還輕輕地搖晃了她的手問道：「什麼事呢？」

「呃！我想拜託您！」貝兒說道。

「哦！」老紳士說道。

「呃！也就是說……」貝兒說道。

「哦？」老紳士說道。

「您對我們眞的很親切！」她說道。

「嗯！然後呢？」他說道。

「我想告訴您一件事！」她說道。

「請說！」他說道。

「是……但是……」貝兒說道。

事。

——接著貝兒就告訴老紳士那個爲窮人寫了偉大的書而被送進監牢及西伯利亞的俄國人的故事。

「所以我現在最想做的，就是爲那個人尋找他的妻子和孩子。」貝兒說道。「可是我不知道該怎麼做才好。我想伯伯應該很聰明，否則絕對無法在鐵路公司擔任重要的職務。所以，我想請問伯伯，有沒有什麼好辦法呢……您可以告訴我們嗎……這關係著他一生的幸福，所以請您教我怎麼做。即使把我那個錶賣了也不要緊！如果有錢就能找到他的太太和小孩，那就請您替我把錶給賣了。」

其他二人的說法也和貝兒一樣，不過都沒像貝兒顯得那麼熱切。

「嗯！」老紳士把他那件鑲著金鈕釦的白色西裝背心向下拉一拉，說道：「那個人叫什麼名字……佛來龐司基？」

「不是！不是！」貝兒連忙糾正道。「我寫給您看。光用說的不太容易明白。這裡有沒有鉛筆和信封什麼的？」她一邊找一邊說道。

老紳士拿給她一枝金筆，並攤開一本香香的綠皮俄國筆記本。

「來吧！」老紳士說道。「寫在這裡！」

於是她寫下：「史傑班司基！」並說道：

「就是這樣寫的！也可以唸做『傑班司基』。」

老紳士取出金邊眼鏡架在鼻梁上。當他讀了那個名字之後，臉上的神色立刻改變了。

「這個人？眞是太令人吃驚了！」他說道。「我也看過他的書！他的書已經被翻譯成歐洲的文字了。眞是好書！是志向很高的書！所以妳母親把他帶回家去……眞是很有同情心的人。好極了！很好！孩子們！你們的母親眞是很好很好的人。」

「當然啦！」菲莉絲驚訝地說道。

「您也是個大好人！」貝兒很害羞，但卻毫不遲疑地愼重說道。

「過獎了！」老紳士舉帽說道。「那我豈不是也得說出我對你們的看法？」

「啊！拜託您！不要說！」貝兒哀求道。

「爲什麼？」老紳士問道。

「雖然我不知道您會說什麼，」貝兒說道：「但是如果您要說我們是可怕的小孩子，那我就不希望您說。如果您說我們是好孩子，那我們也不希望讓人家這麼說。」

老紳士笑了起來。

「那麼，」他說道：「你們跑來見我若只是爲了這一件事，我可要說謝謝你們啦……喔！不！是眞的謝謝你們。我想應該很快就會有消息了。我認識很多住在倫敦的俄國人。而且只要是俄國人，沒有人不知道他名字的。現在呢，該我來問你們一些其他的問題了。」

老紳士看了看三人，但一次只問一個人。最初是彼得。而菲莉絲則躲了起來。

「我想知道你們的事情。」老紳士又說道。然後可想而知的，彼得還是默默不語。

「好了，好了！那我要來考試了！」老紳士說道。「你們兩人請坐到桌上去吧！我要坐在長椅上問問題了。」

然後，老紳士就問了他們許多問題，如他們的名字、年紀、父親的姓名、工作……住在三根煙囪屋子裡多久了等等的問題。

問題進行到三塊半便士是否能買到一條半的鮮魚，以及一磅鉛和一磅羽毛孰重的時候，有一雙靴子踢開了接待室的門。大家一起望向那雙靴子，發現它的鞋帶已經鬆開了……然後只見菲莉絲很緩慢，很謹慎地走了過來。

她一隻手提著大茶壺，另一隻手拿著厚片土司和奶油。

「請用下午茶！」菲莉絲得意地宣布。然後她就把茶壺、麵包和奶油遞給老紳士。老紳士接過來後說道：「這眞令人驚喜啊！」

「哈！」菲莉絲笑道。

「妳眞是善體人意！」老紳士說道。「太棒了！」

「可是沒有杯子！」貝兒說道：「而且也沒有盤子！」

「帕克司都用茶壺喝茶嘛！」菲莉絲說道。她的臉全都紅了。「雖然他只借我這個，但我覺得他很親切——即使沒有杯子和盤子。」她補充說道。

TOURS
CAUTION

「我也這麼認爲。」老紳士說道。他喝了一點茶，又吃了一口塗著奶油的麵包。

不久，下班列車進站的時間到了，老紳士向他們說了好幾次再見和溫和的道別話語後，才依依不捨地走進車廂。

「啊！」他們留在月台上，眼見列車完全消失在轉角處之後，彼得說道：「我想，我們今天可以說是替蠟燭點上了火——就像拉提馬（宗教改革期的英國主教）一樣。只要發現異端，就下令把他燒死——接下來的這一段時間，我們家裡的那位俄國人一定也會受到波及。」

*

事情果然如彼得所預料的一樣。

距他們在那個接待室見面後不到十天的某一日，三個孩子坐在家下面的原野裡最大的一塊石頭上，俯看五點十五分自山谷下的火車站開出的列車，散發著白色蒸汽緩緩駛離。然後，由火車站走出來的人們都沿著通往村子裡的道路向前走，只有一人偏離了道路，走向除了通往三根煙囪屋子外，再無其他可能的原野，並打開了盡頭的那一扇門。

「到底會是誰呢？」彼得由石頭上滑下來說道。

「我們去看看！」菲莉絲說道。

於是，大家走了過去。當他們接近到足以看出對方是誰的距離時，只見那老紳士正緩緩向上走來，他衣服上的黃銅扣子在午後太陽的映照下閃閃發光，而他那白色的西裝背心在綠色的原野中，更顯得幾近於純白。

「哈囉！」孩子們揮著手大聲叫道。

「哈囉！」老紳士也揮手大聲叫道。

接著三個孩子馬上衝了過去——好不容易終於跑到了他身邊，光是這段路也夠他們上氣不接下氣了。

「午安！」彼得說。

「我帶來了好消息！」老紳士說道。「我已經找到了你們那位俄國朋友的妻子和小孩——所以我忍不住要親自跑來告訴你們。」

可是一看到貝兒的臉，老紳士就覺得這比報告那好消息還要令他高興。

「走吧！」老紳士對她說道。「一面走我一面告訴妳。可以請另外兩位爲我們帶路嗎？」

貝兒走了出去。當她向坐在安靜庭院裡的俄國人和母親宣布這個消息時——那時候，母親的臉上散發出一種十分華美的光輝，接著，她就急急地用法語向亡命客解說——貝兒覺得不該由自己帶來這個消息。因爲俄國人發出了令貝兒的心臟急速跳動、顫抖的叫聲——那是貝兒前所未聞的，愛與渴望的呼喊。接著他握住了母親的手，溫柔地、誠敬地親吻——然後他坐回椅子上，雙手掩面哭泣。貝兒悄悄地退了出來，這時候，她實在不想見任何人。

但是當那似乎永無止境的法語談話結束時，彼得到村子裡去買甜麵包和蛋糕，女孩兒們則準備下午茶，並將茶具等移至庭院。這時候，大家都一樣精神抖擻。

老紳士似乎非常愉快、高興。他幾乎能同時說法語和英語，母親大概也差不多。這眞是個令人高興的時候，對於老紳士的造訪，母親倒沒表示特別高興或熱切，不過當老紳士詢問是否可以給小朋友「糖果」時，母親立刻回答可以。

這個名詞孩子們還是頭一回聽到——不過他們想這大概是甜的東西的意思。因爲他們發現，他自皮包中取出的紮著綠絲帶的粉紅、綠色大盒中，排列著前所未見的漂亮巧克力。

俄國人收拾了簡單的行李，接著大家就送他去車站。

然後，母親回頭向老紳士說道：「承蒙您多次的幫忙，很高興見到您！但是我很希望能平靜地生活，所以我就不邀請您下次再來玩了！眞是很抱歉！」

孩子們都覺得這些話未免太絕情了。因爲好不容易才成了朋友……這麼好的朋友……眞希望能請他下次再來。

老紳士心裡不知作何感想。孩子們無從得知。不過，老紳士說道：

「我覺得我也很幸運。夫人！雖然只有一次，但還是很榮幸能造訪貴宅！」

「啊！」母親說道。「您也許會認爲我不通人情，忘恩負義，但是……」

「您是最迷人，最謹愼的女性！」老紳士又一次地行禮說道。

後來在他們登上山坡時，貝兒看了看母親的臉。

「您看起來好像很累！」貝兒說道。「您就靠著我吧！」。

「應該由我來照顧媽媽！」彼得說道。「因爲爸爸不在的時候，我就是家長！」

於是，母親握住了兩人的手。

「眞是太棒了！」菲莉絲似乎很高興地邊走邊說道。「我可以想像那位俄國人擁抱他分離好久的太太時那種情形。還有，他和小孩分開以後，現在應該也長大多了吧！」

「是啊！」母親說道。

「爸爸一定也會想到我們比以前更大了。」菲莉絲更開心地邁開步伐說道。「我比以前長大多了吧？媽媽！」

「是啊！」母親說道。

「長大了！長大了！」貝兒感覺到母親緊緊地握住了她的手腕。

「可憐的媽媽！您一定累壞了！」彼得說道。

貝兒說道：「到了！菲兒！我們來比賽，看誰先跑到門口！」

說完，她們開始賽跑，雖然她並不喜歡跑步。

但是你們應該知道貝兒爲什麼要這麼做吧！母親心裡想貝兒大概不喜歡慢慢走吧！她愛的母親，也不一定能十分了解她。

# 第八章　業餘消防員

「小姑娘！妳別著金蓮花呢！」搬運工人帕克司說道：「哦！不是金蓮花，眞是像極了金蓮花。我以前沒見過啊！」

「是啊！」貝兒因帕克司注意到了，又高興又害羞地說道。「我一直覺得它比眞的金蓮花還像金蓮花呢……可是我從來沒想過會變成我的東西。它是屬於我……媽在我生日時送給我的。」

「哦！生日？」帕克司說道。因爲他一直認爲生日只是那些有錢人的玩意兒，所以他顯得非常驚訝。

「是啊！」貝兒說道。「伯伯的生日是什麼時候呢？」孩子們正在帕克司的搬運工人室中，圍著煤油燈和鐵路年鑑喝茶。孩子們把自己的茶杯和果醬刀帶來了。帕克司和平常一樣，把茶倒進皮爾的罐子裡。大家相處十分融洽。

「我的生日？」帕克司將黑褐色的茶又倒進彼得的杯裡。「可是，我從出生到現在，從來不過生日的。」

「那你是什麼時候出生的呢？」菲莉絲問道。接著她開始猜道。「二十年前……三十年、六十年，或七十年前？」

「我還沒那麼老啊，小姑娘！」帕克司微笑說道。「告訴妳吧！是三十二年前，這個月的十五日。」

「那爲什麼不過生日呢？」菲莉絲問道。

「因爲我不想讓別人知道我的生日。」帕克司孤獨地說道。

「哦！爲什麼？」菲莉絲熱心地問道。「生日該不會是秘密吧？」

「不是！」帕克司說道。「只是不想麻煩別人罷了。」

孩子們爲這句話沈思良久，過了一會兒才又開始說話。帕克司是孩子們最親密的好朋友，雖然他不像站長那麼偉大，但是他卻更平易近人……他雖然不像老紳士一樣有勢力，但是他們一直都相處得十分融洽。

「居然沒有人爲帕克司伯伯做過生日，眞是令人吃驚。」貝兒說道。「爲什麼呢？」

「我們到運河的橋上討論吧！」彼得說道。「今天早上郵差給我新的釣魚線，因爲我替他送玫瑰花給他女朋友，所以他用這個做回報。他女朋友生病了。」

「我覺得你不應該要求回報！」貝兒憤然說道。

「我才沒有呢！」彼得不高興地說道。雙手插進口袋。

「對啊！」菲莉絲趕緊說道。「他知道他女朋友生病後，就立刻準備了玫瑰花在我們家門口等。那是貝兒早上正在烤麵包的時候。郵差先生把花交給彼得後，說了好幾次『謝謝！』——其實他沒必要說那麼多次——後來他就從口袋中拿出釣魚線送給彼得。那不是彼得向他要的，是他自己要謝謝彼得的。」

「啊！對不起！彼得！」貝兒說道。「那是我不好！」

「沒關係！」彼得故作大方地說道。「妳明白就好！」

於是，他們走向運河的橋上。他們原本想站在橋上釣魚，但是釣魚線不夠長。

「沒關係吧！」貝兒說道。「我們就在這裡欣賞風景好了，這附近好美啊！」

的確如此。絢麗的紅色太陽沈向紫灰色的山丘後，運河閃耀著亮麗的光芒——水面平靜無波。運河流經綠色的牧場，在霞光映照下，就彷彿一條灰色的絲緞一般。

「好吧！」彼得說道。「可是我想，當我們在做事時，各種景色會顯得更美麗。所以——我想我們還是下去拉船道釣魚吧！」

菲莉絲和貝兒不禁想起上回被運河船上的人丟擲煤塊的往事，她們向彼得提起了這件事。

「別傻了！」彼得說道。

「那裡現在不是沒人嗎？如果再有那種事發生，我絕饒不了他們。」

彼得的姊妹都很溫柔善良，她們沒有提醒彼得，上次被人丟擲煤塊時，他可沒替她們出頭。她們只是淡淡地說了一聲：「好吧！」然後就很小心地下了陡急的坡岸，來到拉船道。他們抱著十分愼重的心情，有耐心地守候了三十分鐘，但這一切都徒勞無功。他們原本滿懷希望，沒想到連一條魚都沒有上鉤。

大家痴痴地望著那至今似乎還沒有半條魚出現的平靜水面，這時候，一陣粗暴的叫聲把他們驚醒了。

「喂！」那個非常不愉快的聲音說道。「還不快走！」

在拉船道上行進的老白馬，已經來到他們前方六碼處。孩子們急急地站了起來，開始爬上了坡岸。

「等那些人走了以後，我們再滑下去！」貝兒說道。

他們原以爲這架舢板會像平常的舢板一樣開走，沒想到它竟在橋下停了下來。

「好像下錨了！」貝兒說道。「眞糟糕！」

其實這舢板並沒有下錨，因爲錨並非運河上的船的必需品。他們都只用繩子綁住船頭、船尾，藉以停泊——那繩子緊緊地繫在木樁上。

「你們東張西望地在看些什麼？」舢板的船夫生氣地嘮叨道。

「我們哪有東張西望！」貝兒說道。「我們才不做這種沒有禮貌的事呢！」

「你們很有禮貌嗎？那麼還不快給我離開！」船夫說道。

「不管我們到哪裡，你們還是要趕我們走開！」彼得說道。他一決定要和那些男人爭論，就下意識地一面爬上了堤防，因爲這比較安全。「我們和別人一樣也有來這裡的權利。」

「歐！是嗎？」船夫說道。「我會讓你們知道是不是這樣。」說著他就走出了甲板，開始從舢板旁走下船。

「啊！快逃！彼得！快逃！」貝兒和菲莉絲用呻吟般的聲音齊聲叫道。

「我沒關係！」彼得說道。「妳們快逃！」

女孩兒們爬上了堤防，站在那兒，等彼得脫險後，立刻跑回家去。回家的那段路是下坡路，應該能順利逃脫才對。舢板的船夫好像一副跑不動的模樣，他跑得滿臉通紅，肥大的身軀又顯得那麼笨重。

他們原本都以爲船夫跑不到拉船道，但後來他們知道自己判斷錯誤。

船夫一躍而起，跳上了堤防，抓住了彼得的一隻腳，把他往下拉——他拉著彼得的腳，扯住了他的耳朵——嚴厲地說道：「很好，現在我要告訴你爲什麼我要這麼做。難道你不知道這些貯存在這裡的水有多珍貴嗎？所以你們沒有在這裡釣魚的權利——你少在我面前搬弄一些歪理。」

彼得事後還時常回想起當時的情景。舢板船夫用憤怒的手指擰住他的耳朵，船夫熱熱的鼻息噴到他的脖子上。而更令他自傲的是，在這麼惡劣的情勢下，他還有勇氣說出實話。

「我們哪有抓什麼魚？」彼得說道。

「那是因爲你太笨了！」船夫扯著彼得的耳朵說道——雖然他沒有使很大的力——但卻扯得

相當緊。

彼得當然不能說的確如此。貝兒和菲莉絲抓著欄杆，急得在那兒走來走去。突然，貝兒鑽過了欄杆，衝向彼得。由於她的動作太過於衝動，以至於還保有幾分理智的菲莉絲幾乎要以爲姊姊會翻落到運河裡呢！其實如果船夫沒有放開彼得的耳朵，那不一定眞的會如此——如果船夫沒有用他強而有力的手抓住貝兒的話……

「你想威脅我嗎？」船夫把貝兒扶穩站好後說道。

「啊！」貝兒喘息著說道。「我不是要威脅你。至少我絕不是故意的。拜託你饒了彼得。當然啦！這是你的運河，我們現在知道了，但是以前我們眞的不知道這是你的。」

「快走開！」船夫說道。

「是！我們走！立刻就走！」貝兒拚命地說道。「但是請相信我們，我們眞的連一條魚也沒抓。如果我們有抓的話，一定會老實說的。我發誓這是眞的！」

她伸出了雙手，菲莉絲也把她空空的小口袋掏給他看，證明他們眞的沒有藏什麼魚起來。

「好啦！」船夫說道。語氣已經和緩了許多。

「趕快回去吧！別再讓我抓到第二次就好了。」

孩子們急忙爬上了堤防。

「我的外衣給我！阿莉！」船夫叫道。接著就有一名披著綠色格子披肩的紅髮女人，抱著一個嬰兒從船艙的門走出來，把外衣丟給他。

船夫穿上了外衣，登上堤防，前彎著腰，過橋走向村子裡。

「我去羅司安啤酒屋喝酒，小鬼睡著以後，妳也來看吧！」船夫從橋上對他太太叫道。

直到船夫的身影消失後，孩子們才慢慢地走回去。彼得嘮嘮叨叨地說道：「這個運河會是他的？」他說道：「我不相信！但橋總該是大家的吧！夫雷司特醫生說過那是公物。而且那傢伙也沒有把任何人從橋上趕走過，他不能這麼做。」

彼得的耳朵還痛得很，他的感情也是如此。

女孩兒們就像英勇的士兵服從失意的指揮官一般說道：「他應該不會這麼做的。」

「妳們如果害怕的話，就先回去好了。」彼得說道。「讓我一個人留在這裡，我不怕！」

船夫的腳步聲消失在路的盡頭，葦濱雀的啼聲和船夫太太哄小孩入睡的催眠曲，都未能打破夜的寂靜。那個女人所唱的是相當哀傷的歌曲。是一個名叫比爾・培利的歌手所唱的，要人快點回家之類的歌曲。

孩子們靠在橋的欄杆上，由於三個人的心臟都跳動得很厲害，所以，他們都覺得該稍微平靜一下。

「是啊！」菲莉絲安慰地說道。「你一步也沒有退讓啊！可是你不覺得我們還是回家比較好嗎？」接著，他們就陷入了沈默。

在這時候，那女人已經下了舢板，上了堤防，走向橋的這個方向。她來到了三個孩子背後，猶豫了一會兒之後，終於說了一聲：「喂！」

彼得紋風不動，但女孩兒們轉身過去。

「我們家比爾所說的話，請你們不要介意！」那女人說道。「其實他這個人只是表面上比較凶惡，喜歡罵人。那裡有些孩子就怕他怕得要命。因爲那些孩子來這裡的時候，正好遇見他回來，在馬洛橋下破口大罵，問到底是誰吃了派。」

「是誰吃了？」菲莉絲問道。

「唉！我也不知道啊！總之我也搞不清楚爲什麼，他們在船上討生活的人，說話就是這副德性，希望你們不要見怪！他在兩個鐘頭之內不會回來，你們可以趁這段時間釣魚，現在的亮度應該不夠吧！」她說道。

「謝謝！」貝兒說道。「妳爲人眞好！妳的小孩呢？」

「他在船艙裡睡覺！」那女人說道。「那孩子不要緊的。他在十二點之前不會醒來。他就像教會的時鐘一樣地準時！」

「眞可惜！」貝兒說道。「我好想站在旁邊看看嬰兒！」

「那可眞謝謝妳啦！小姑娘！不過他眞是好孩子呢！」

那女人說話時，臉上散發著光芒。

「妳把他放在船裡，難道不擔心嗎？」彼得說道。

「不會啊！」那女人說道。「再說，誰會去傷害那個孩子呢？而我也只不過是離開一下下而已。再見啦！」說完她就走了。

「回家吧！」菲莉絲說道。

「妳們回去吧！我要釣魚！」彼得孤立地說道。

「我們來這裡是要討論帕克司生日的事。」菲莉絲說道。

「我們一定要爲帕克司做生日。」

於是，他們又再度下到了拉船道，彼得繼續垂釣，但是卻一無所獲。

＊

天色已經幾乎全暗了，女孩兒們都累了。當貝兒提醒大家現在已經過了睡覺時間的時候，菲莉絲忽然叫道：「那是什麼？」

菲莉絲指著運河上的船。只見有煙從前方及船艙的煙囪竄出，而後冉冉上升，逐漸在晴朗的夜空中淡去——但是現在又冒出一道煙，而且是由船艙的門竄出的。

「失火了——一定是這樣！」彼得平靜地說道。「活該！」

「啊！糟了！」菲莉絲叫道。「那位可愛的太太怎麼辦？」

「最糟的是那個嬰兒！」貝兒尖聲叫道。

轉瞬間，三人已跑向了舢板。

原本綁緊的繩子鬆開了，他們可以些微地感受到微風的力量，而他們的力量也只能將船尾拉靠岸。貝兒一馬當先上了船，彼得隨後跟上——但他不幸一失足跌落運河，頭沈入了水面，而腳又踩不到河底，還好——他的手緊抓住了舢板邊緣。菲莉絲抓住了他的頭髮，幫忙把彼得往上拉，也不知道他是如何掙扎的，總之他終於上了船，而後菲莉絲也跳了上去。

「都是妳！」彼得對貝兒吼道。「害我全身都溼了！」

彼得在船艙門邊抓住了貝兒，非常粗暴地把她挾在腋下。如果這時候他們是在玩，那麼面對如此粗暴的行爲，貝兒一定會因爲生氣和痛楚而大哭起來。但是她現在雖然被彼得挾到了船邊，膝蓋和手肘也因碰撞而瘀青，但是她卻只叫道：「不行……你……我……」接著又和彼得扭打成一團，可是一點用也沒有。

這時候，彼得已經忍著濃煙嗆鼻的氣味，下了通往船艙的二級台階。他停了下來，想起他曾聽說過火災的種種傳聞，他掏出了胸前口袋那條已經溼透的手帕，緊緊地蓋住了口鼻。

他一面掏出手帕、一面說道：

「不要緊！這火勢沒什麼大不了的！」

雖然彼得這是在扯謊，但這也正是他偉大的地方。他故意走在貝兒前面，以防她受到傷害。所以，他只得裝出老練與不在乎的模樣。

船艙已經完全燒了起來。一盞石臘燈一面冒著橘色煙，一面緩緩燃燒著。

「喂！」彼得在這一瞬間將手帕由嘴上拿開叫道。「喂！小嬰兒……你在哪裡？」他屏住了呼吸。

「啊！我也要去！」貝兒立刻在後面叫道。

彼得比剛才還粗暴地推開她，搶先走進去。

如果小嬰兒沒有大哭的話，後果將會如何，我也不知道——幸好這時候他哭了起來。彼得手伸進黑色的濃煙中摸索，發現了一個小小的、柔軟的、溫暖的小東西，他把小嬰兒抱了起來，彷彿要跌向緊隨在後的貝兒身上似地向外跑去。一隻狗咬住了他的腳——吠叫似地喘著氣。

「把嬰兒抱來了！」彼得揭去手帕，蹣跚地走出甲板。貝兒走向狗吠的方向，伸出手來，撫摸那隻大狗背上柔順的毛。狗迎向貝兒，輕輕地咬住了她的手，彷彿在說道：「主人原本告訴我，如果有陌生人進入主人的船艙，我就要大叫並且咬他。但是因爲我知道妳是好人，所以我不會眞的咬妳。」

貝兒也把狗帶了下來。

「好了，好了，不要緊了！汪汪！」她說道。「哪！彼得！把嬰兒交給我吧！你全身都濕透了，別把嬰兒也弄感冒了。」

彼得由於興奮過度，那個在他手上不停地動著、哭著的小包裹，他竟然一時遞不出去。

「啊！」貝兒焦急地說道。「我們得趕緊通知留在羅司安啤酒屋的那對夫婦。菲兒和我留在這照顧小嬰兒，快點吧！好孩子，小少爺，最偉大的人——你快去通知他們吧！彼得！請你趕快跑過去！」

「我這個樣子可跑不動了。」彼得斷然地說道。「我的腳像灌了鉛一樣地重，我只能用走的過去。」

「那我去好了！」貝兒說道。

「你們去堤防上等我。菲兒！這個可愛的小東西就交給妳了！」

菲莉絲愼重地接過小嬰兒，坐在堤防上，開始哄小孩。彼得儘可能把袖子和褲管擰乾。貝兒像陣風似地飛奔過橋，在長、白、寂靜、明亮的路上跑向羅司安啤酒屋。

羅司安啤酒屋裡面有相當古樸的房間，舢板的船夫們和他們的太太都坐著喝晚餐的啤酒。房間裡一個有腳煙囪下，一整籃煤炭正熊熊地燃燒著。他們正在用一個無比暖和，令人心情舒暢的火爐烤著晚餐的起司。

圍著火爐的行船人也都快樂地聚在一起。也許你不認爲這樣叫做快樂，但是他們的確是快樂的。他們彼此了解，有共同的喜好。而這也正是組成社會的眞正秘訣。那個令孩子們十分不愉快的比爾船夫也在同伴之間，他看起來似乎是個中能手。他正談起自己的失敗——每次都是相當驚險刺激的話題。他所說的是關於自己舢板的事情。

「那傢伙跟我說『內外都要塗』，也沒有跟我說要用什麼顏色。所以我就去買了許多綠色油漆，從船頭漆到船尾，那船眞的變得好漂亮。可是那傢伙看了之後，竟說：『爲什麼都漆成同一種顏色？』我說：「我認爲它這樣最漂亮！』並說道：『我到現在還是這麼認爲。』結果那傢伙就很不屑地對我說：『是嗎？那麼這些漂亮的油漆費就由你來付。』算了，付就付嘛！」他說到這裡，房間裡響起了一片同情的嘆息聲。

這時候，貝兒跑了進來。她啪地一聲打開了門，拚命喘息著。

「比爾！比爾……船夫先生在嗎？」

大家都陷入了沈默之中。比爾一口喝乾他杯子裡的啤酒，以至於有些神智模糊了。

「啊！」貝兒終於看到了船夫的妻子，於是她靠了過去說道：「你們船上的船艙起火了，趕快跟我來！」

那女人大吃一驚，站了起來。她的手緊貼著她細腰的左方，也許她驚訝、悲傷時，都會覺得這裡似乎有個心臟吧！

「我的雷吉納！」她淒厲地叫道。「我的雷吉納！」

「不要緊！」貝兒說道。「如果妳是擔心那個小嬰兒，那請放心！我們已經把他救出來了。狗也沒事了！」

由於貝兒實在喘不過氣來了，所以她接著只說道：「走吧……不要緊的！」

接著，她就在啤酒屋的長凳上坐了下來，試著想讓自己恢復正常的呼吸，但是她發現自己辦不到。

比爾船夫慢吞吞地，無精打采地站了起來，但是他的太太在他喝完那杯酒之前，就已經跑在百碼遠的路上了。

在運河邊瑟瑟發抖的菲莉絲才發覺有一陣急促的腳步聲傳來，都還沒反應過來呢！轉瞬間，那女人就已經鑽過了欄杆，滑下了堤防，一把將嬰兒從菲莉絲那邊搶過來。

「不行啦！」菲莉絲用責備的口吻說道。「他剛剛才睡著呢！」

不久，比爾一邊用完全異於往昔的語氣和孩子們交談，一面滅火。他躍上舢板，用水桶提了好幾桶水。彼得也去幫忙一起救火。菲莉絲、船夫的太太、嬰兒——還有貝兒——一起依偎在堤防高處。

「如果是我引起火災的，我該怎麼辦？」女人反覆地說道。

但是引起火災的不是她，是比爾船夫。他撢煙斗時，煙灰彈到了爐前的地毯上，終於引起了大火。這個頑固的男人行事倒不失正直，他不像其他船夫或其他人一樣，把自己所犯的過失推到別人身上。

＊

當三人好不容易渾身溼透（彼得當然比其他二人的情形還嚴重）地出現在三根煙囪屋子時，

母親已經快急瘋了。可是當三人將實際經過情形告訴母親之後，由於認爲孩子們的做法很對，所以她也就不再說什麼了。

而且，他們雖然接受了船夫親切的邀請，但也不致於太麻煩人家。

「你們明天七點的時候到這裡來吧！」船夫說道。「我帶你們去法羅。但是我不收取任何費用。是十九號水門喔！」

孩子們雖然不知道什麼叫做水門，但是他們七點就把麵包、起司、半個蛋糕，以及四分之一的羊腿裝進袋子走到了橋上。

這是個萬里無雲的大好天氣。繩子綁在老白馬身上，船靜靜地在水面上滑行。頭上的天空是晴朗的天藍色，比爾船夫和藹地令人不禁要問：世界上怎麼會有像他這麼親切的好人？沒有人會想到他和那個拉彼得耳朵的人是同一個人。至於比爾的太太，照貝兒所說，她從頭至尾都是一個大好人。當他們和小嬰兒道別時，也順便抱了抱那隻狗。

「眞是太棒了！媽媽！」當大家很高興，但全身又疲憊、又骯髒地回到家時，彼得說道：「我們是走很漂亮的水路，還有水門呢……媽媽大概不知道那是什麼吧！當我們沈入地底下時，還以爲永遠不會停止了哩！沒想到這時候，一扇黑色的門緩緩打開了，我們出了那道門之後，又出現了一條跟前面一樣的運河。」

「我知道！」母親說道。「提姆司運河也有水門，我結婚前也常和爸爸去馬洛運河。」

「還有一個好小、好可愛的小嬰兒呢！」貝兒說道。「他們讓我一直抱那個小嬰兒，我眞是太高興了！媽媽！我也希望有一個小嬰兒陪我玩！」

「大家都對我們很好！」菲莉絲說道。「我們遇到的人都很好，他們說我們喜歡什麼時候釣魚都可以，而且比爾還說，以後要讓我們見識他釣魚的厲害呢！」

「他說他以前是不認識我們。」彼得說道。「不過，媽媽！比爾說他已經告訴在運河往來的所有船夫，說我們都是好孩子。所以，以後大家都是好朋友了！」

「所以，我就說，」菲莉絲插進來說道：「以後我們去運河釣魚時，都要綁著紅絲帶。這樣大家才知道是我們來了。因爲他們知道我們是好孩子，所以就會對我們比較好！」

「那麼，你們又多了一些朋友了！」母親說道。「剛開始是鐵路，現在是運河。」

「是啊！是啊！」貝兒說道。「我想跟世界上的每個人做朋友，我也認爲世上的每一個人都能成爲朋友！」

「也許是吧！」母親說道，接著嘆了口氣。

「好了！孩子們！睡覺時間到了！」

「好嘛！」菲莉絲說道。「啊！我們到那裡去，不是爲了討論帕克司生日的事嗎？可是我們居然全忘了！」

「這也沒辦法啊！」貝兒說道。

「不過，至少彼得救了雷吉納一命。一個晚上不可能做太多事啊！」

「如果不是我把貝兒推開，那小孩一定是她救到的！」彼得持平地說道。

「說不定我也會救！」菲莉絲說道。「如果我知道該怎麼救的話！」

「是啊！」母親說道。「你們一起救了小嬰兒。我想一個晚上，光做這一件事就夠了。啊！可愛的孩子們，最重要的是你們都平安無事！」

# 第九章　帕克司的自尊心

這一天早上，母親在沖牛奶，盛燕麥粥給孩子們時，顯得特別容光煥發。

「我又有一篇故事被採用了！」母親對孩子們說道。「那是紫貝殼國王的故事。所以今天的午茶時間，我們又可以吃甜麵包了。麵包出爐的時候就去買吧！十一點的時候應該就烤好了吧！」

彼得、菲莉絲和貝兒互相交換了一個眼色，六隻眼睛都立刻說出了對方的想法。

於是，貝兒說道：「媽媽！我們可不可以今天不吃甜麵包，留在十五日再吃呢？也就是下禮拜四！」

「什麼時候吃都可以啊！」母親說道。「不過這是爲什麼呢？」

「因爲那天是帕克司的生日！」貝兒說道。

「他快要滿三十二歲了，可是他都沒有做過生日。」

「所以，我們想替他做生日。他一直都對我們很好呢！媽媽！」彼得說道。「所以我們決定在可以吃甜麵包的時候告訴媽媽。」

「可是，如果在十五日之前都沒有甜麵包吃呢？」母親說道。

「啊！如果這樣的話，我們想請媽媽先讓我們吃一次甜麵包，然後等下次可以吃甜麵包時，我們就不吃，來抵過這一次。」

「要先吃以後再抵過。」母親說道。「嗯！這倒也是個好方法。我們如果用粉紅色的砂糖在甜麵包上寫上他的名字，那不是更棒嗎？」

「可惜，帕克司這個名字不夠好聽！」彼得說道。

「他還有另外一個名字叫做阿爾帕多！」菲莉絲說道。「我以前聽過的。」

「那就寫A．P好了！」母親說道。「至於要怎麼寫，到時候再給你們看。」

到目前爲止，一切都進行得十分順利。但是雖然用粉紅色的砂糖寫上了A．P，半便士買來的十四個甜麵包還是不大能表達他們爲帕克司慶生的心意。

「我們可以用一些花裝飾嘛！」

他們後來坐在空馬廄的乾草堆上討論這一個問題時，貝兒說道。

「花在他們家已經夠多了！」彼得說道。

「可是別人送的，意義就不同了。」貝兒說道。「即使自己家裡已經有很多了，我們還是可以用花做爲生日的裝飾品，但是，除了甜麵包之外，還要有其他東西才好。」

「讓我們靜靜地想一想吧！」菲莉絲說道。「在想出好辦法之前，我們誰都不要說話。」

於是，大家都安靜了下來，甚至一動也不動，以致於一隻茶色的老鼠還以為這地方沒有人，勇敢地跑了出來呢！這時候，貝兒打了個噴嚏，嚇得那隻老鼠立即落荒而逃。也許這個地方，並不適合這隻喜好寧靜生活的中年老鼠吧！

「萬歲！」彼得突然叫道。「我想到了！」他高興地在乾草上跳來跳去。

「什麼？」另外兩人熱心地問道。

「帕克司應該對每個人都很親切吧！所以我想，村子裡想為他做生日的人一定也很多。我們去問問大家吧！」

「可媽媽說過，這一種事不可以去拜訪別人。」貝兒半信半疑地說道。

「她是說不可以為了自己，但是若是為了別人，那就沒關係了。我們也要去拜託那位老紳士，若不這樣的話……」彼得說道。

「我要先去問問媽媽！」貝兒說道。

「啊！這麼一點小事就別去煩媽媽了吧！」彼得說道。「媽媽那麼忙，我看算了吧！我們現在就去村子裡！」

於是，他們就開始進行了。那位郵局的阿姨說，她不懂為什麼只為帕克司做生日。

「不是啦！」貝兒說道。「我們也希望能為每個人都做生日，但是我們只知道帕克司的生日啊！」

「我的生日是明天。」那位阿姨說道。「有誰會記得呢？唉！你們走吧！」

於是，他們就離開了。

有些人很親切，有些人則不理不睬。有些人給他們東西，有些人什麼也不給。即使是爲了自己以外的人，但去請求別人給他們東西還是十分困難。如果你自己去做的話，一定也會這麼想。

孩子們回到了家，將人家給他們，以及約定要給他們的東西清點了一下，發現第一天的收穫還不錯。彼得將清單列在寫火車頭號碼的那本筆記本上。

這份清單如下：

贈送的東西——

糖果店——煙斗

食品店——茶葉半磅

食品店對面的窗帘店——稍微褪色的羊毛圍巾一條

醫生——松鼠標本

約定要贈送的東西——

肉店——一塊肉

住在舊路邊小屋的女人——雞蛋六枚
鞋匠——蜂巢一個、鞋帶六條
鐵匠——鐵鏟一支

＊

隔天，貝兒很早起床，並叫醒了菲莉絲。這是她們兩人的約定。因爲要是彼得知道了，一定會罵她們笨蛋，所以她們決定事成以後才告訴他。

她們二人摘了一大把玫瑰花，做成花束。她們把菲莉絲在貝兒生日時縫製的針插，及菲兒一條非常漂亮的藍色領帶一起裝進籃子裡，並放進了一張紙，紙上寫著：「給藍莎姆夫人，誠摯地祝您生日快樂！」她們把籃子提到郵局，放在中間窗口，並在那位阿姨來郵局打開窗口前離開。

當兩人回到家時，彼得正一面協助母親準備早餐，一面把計劃悄悄地向母親報告。

「這雖然不是件壞事，」母親說道：「但最後會有什麼結果，那就要看你們怎麼做了。如果他不生氣，不認爲他接受的是別人施捨的東西，那是最好。你們要知道，貧窮人家都有很高的榮譽心！」

「可大家送東西給帕克司，並不是因爲他貧窮。」菲莉絲說道。「而是因爲喜歡他呀！」

「菲莉絲有些不能穿的衣服也可以送給他們家。」母親說道。「如果你們有把握，他收到這些東西不會生氣的話。因爲他對你們很好，所以我也應該送一點東西。可是因爲我們家也很窮，所以也買不起好東西。咦？貝兒！妳在寫些什麼？」

「沒什麼！」急急地在寫些什麼的貝兒說道。「他一定會喜歡這些東西的，媽媽！」

＊

十五日的早上，他們買回了甜麵包，看母親用粉紅色的砂糖寫上A．P。這一個早晨就這麼愉快地度過了。當然，你也想知道那是怎麼寫上去的吧？她先將蛋白打得冒泡，而後摻入粉砂糖拌勻，加入二、三滴粉紅色染料。然後用乾淨的白紙做成圓錐形，並在前方開一個小口。將蛋白砂糖由大口傾入，再將它自小口擠出。這就好像一支灌了粉紅色墨水的鋼筆一樣，寫字很方便。

每一個甜麵包上，都寫上了A．P，看起來眞美。孩子們把甜麵包放進冷卻的烤爐內，一讓砂糖凝固。然後再去村子裡，取回村人說好要送給帕克司的蜂蜜、鐵鏟及其他的東西。

郵局的阿姨站在門口，孩子們禮貌地道了聲「早安！」後，就打算走過去。

「請等一下！」那位阿姨說道。

於是，大家都停了下來。

「那些玫瑰……」阿姨說道。

「妳喜歡嗎？」菲莉絲說道。「那些東西都還很新！針插是我做的，不過那是貝兒送妳的禮物。」她很高興地邊跳躍邊說道。

「你們的籃子還在我這裡呢！」郵局的阿姨說著就走進裡面，把籃子提了出來。籃子裡裝滿了小點心。

「帕克司的孩子一定會喜歡的！」阿姨說道。

「阿姨最好了！」菲莉絲雙手抱住她胖胖的腰說道。「帕克司一定會很高興的。」

「可是他的高興，可能還及不上我收到妳的針插和領帶時高興的一半呢！」那位阿姨拍著菲莉絲肩膀說道。「你們都是好孩子！眞的！對了！我們家有一輛嬰兒車。那是我們家艾美生第一個孩子時買的。但是那個孩子只活了六個月，而且艾美以後再也不能生孩子了。我想帕克司夫人若能使用，艾美也會很高興的。她剛好有一個小男孩，嬰兒車可以派上用場，我去拿來給你們吧！」

「好的！」孩子們異口同聲說道。

於是，藍莎姆夫人推出了嬰兒車，拆去了包紮得很好的紙卷，微笑說道。

「啊！這樣也好！上一次我雖然也有想到，但我不知道是否該把這車子送給他。我很猶豫要不要把它送給別人，這是艾美孩子的嬰兒車……」

「可是妳如果想到又有一個活生生的嬰兒可以坐在這個車裡，心情應該就會好多了！」

「啊！」藍莎姆夫人嘆道，隨即又微笑說道：

「對了！對了！我還要給孩子們薄荷色的坐墊。你們拿了坐墊之後就趕快走吧！否則我眞想把頭上的屋頂和身上的衣服都給你們帶走了！」

他們把爲帕克司收集來的禮物都放在嬰兒車裡，在三點半的時候，彼得、貝兒和菲莉絲，把東西帶到了帕克司居住的黃色小屋。

他家裡整理得很乾淨，從窗戶可以看見野花，及一個指著羽狀樹葉的水壺。

由浴室傳來水聲，一名打著赤膊的男孩子從門探出頭來說道：「媽媽在換衣服。」

「我馬上來！」一個女人的聲音自狹小的樓梯上傳來。

孩子們耐心地等著，不久後，帕克司夫人一面扣著鈕釦，一面下了樓梯。她的頭髮梳得很整齊，臉也用肥皂和水洗得乾乾淨淨。

「我在換衣服，所以讓你們久等了！小姑娘！」夫人對貝兒說道。「帕克司突然告訴我，今天是他生日，所以我趕緊大掃除。我還正在奇怪，今天他是怎麼啦？我們一直都有替孩子做生日。至於我和他呢，因爲總認爲已經過了那種年齡了，所以都不再慶生了。」

「我們知道帕克司的生日。」彼得說道。「所以帶了禮物過來，都放在外面的嬰兒車裡。」

帕克司夫人屏息拆開一個個禮物，當她全部拆開時，由於太過於驚訝，不禁跌坐到了椅子上，哇地一聲哭出來。

「啊！不要哭！」孩子們不停地勸慰道。「拜託妳！不要哭！」這麼一來，彼得也慌了，頻頻頓足道：「到底怎麼了嘛！妳該不會是討厭這些禮物吧？」

帕克司夫人只是一個勁兒地哭。帕克司的孩子們，洗得乾乾淨淨，臉上發散亮光地站在浴室門口，看著這些侵入者。屋子裡一片沈默，一股令人不舒服的沈默。

「妳該不會是不高興吧？」彼得又問道。姊妹倆拍著帕克司夫人的背安慰她。

和她的突然哭泣一般，帕克司夫人忽然又止住了哭泣。

「啊！啊！眞是對不起！我已經不要緊了！」她說道。「不高興？怎麼會呢！帕克司從來沒有做過這種生日。就連他小時候寄住在雜穀商的伯父家時也沒有過。而且後來他伯父做生意又失敗了。不高興？怎麼會呢！」接著，她就說了一些實在令人難以下筆的話。不過，我想彼得、貝兒和菲莉絲也不會希望我把這些話記下來。帕克司夫人所說的話，令他們的耳朵漸漸發燙，臉頰逐漸發燒，他們覺得自己所做的事實在不值得她如此誇獎。

最後，彼得終於說道：「我們很高興妳覺得這麼開心，可是妳要是再這麼說下去，我們可要先回家去了。當然我們很想留在這兒看帕克司高興的模樣，但是被妳這麼誇獎，我們實在受不了。」

「那麼，我不再說話就是了。」帕克司夫人容光煥發地說道。「可是我一點準備也沒有，現在也來不及了。」

「不要緊！妳可以把盤子借我們裝甜麵包嗎？」貝兒說道。於是，帕克司夫人準備好茶桌之後，大家都把甜麵包、蜂蜜和小點心放到桌上，再把二枝玫瑰插進果醬瓶中，這麼一來，茶桌就美得如帕克司夫人所說的：「像王子一樣了。」

「啊！想想看！」夫人說道。「剛剛我在打掃這裡，孩子們在摘野玫瑰時——我才正在想，除了上禮拜六買了一盎司他愛吃的東西之外，我們再也沒有其他東西了。沒想到……啊！他今天一定會早點回來！」

帕克司果然已經用鑰匙在開小門上的鎖了。

「啊！」貝兒說道。「我們先躲進浴室裡吧！他一定會先和夫人說話。我們在他抽煙之前，也就是他們話一說完，我們就一起衝出去，大叫『生日快樂！』」

這雖然是個好主意，但進行起來並不十分順利。彼得、貝兒和菲莉絲，光把帕克司那看得目瞪口呆的孩子塞進浴室就已費了他們九牛二虎之力，害他們連把門關緊的時間都沒有。不料躲在浴室裡，竟能把廚房裡發生的事情聽得一清二楚。浴室裡還放了一些磨亮機和銅鍋等洗滌用具，帕克司的孩子們和三煙囪屋子的三個孩子躲進去，剛好可以容身。

「啊！媽媽！」大家都聽得出是帕克司的聲音。「桌子排得好漂亮啊！」

「這是為你生日所準備的茶點，帕克！」帕克司夫人說道。「這是你最愛吃的，是上禮拜六特地為你買的！」

「謝謝妳！」帕克司說道。接著是親吻的聲音。

「可是，這個嬰兒車是怎麼回事呢？這些包裹又是什麼？還有些糖菓，妳去哪裡買的？」

孩子們沒有聽見帕克司夫人回答，這時候貝兒的心噗通噗通地亂跳，她把手伸進了口袋，只覺全身都僵硬了。

「啊！」她向其他人低語道：「怎麼辦？我們忘了在每樣禮物上綁紙條，他們當初自己也沒附上。這下子帕克司一定會以爲我們故作大方，施捨這麼多東西給他，這下可慘了！」

「噓！」彼得說道。

不久，孩子們就聽到了帕克司盛怒的聲音。

「妳太過份了！」他說道。「我不接受！妳趕快給我說清楚！」

「可是，」帕克司夫人說道：「這些是你很喜歡的那些孩子，也就是三煙囪屋子的那三個孩子帶來的啊！」

「可惡！」帕克司斷然說道。「就算是天國的天使送來的也一樣！這麼多年來，我從來沒有接受過別人的施捨。只要我還活著，就絕不許有這種事發生，妳聽明白了沒？」

「哎！你等一下再發作好不好？」帕克司夫人可憐兮兮地說道。「帕克！這又不是我開口去向人要來的，我怎麼會做這種事嘛！那三個孩子現在躲在浴室裡，因爲他們聽到你回來了，想給你一個驚喜。」

「那我倒要好好地問問他們。」帕克司怒道。「在這之前，我就已經告訴過他們我的想法，沒想到他們還是這麼做了。」他又加了這麼一句。接著他就邁開大步，來到了浴室門前，啪地一聲把門打開——由於門後擠滿了孩子，所以他必須很用力才能稍微把門撐開。

「出來！」帕克司說道。「出來！你們說說看，這到底是怎麼回事？我不是告訴過你們，我不要別人施捨的東西嗎？」

「可是！」菲莉絲說道：「我們只是想讓你高興嘛！」

菲莉絲哇地一聲哭了起來。

「我們絕對沒有惡意的！」彼得說道。

「有沒有惡意是一回事，做了什麼事又是另一回事。」帕克司說道。

「啊！別吵了！」貝兒一面思索著比菲莉絲有力，比彼得的說明更好的詞句，一面叫道。

「我們只是希望讓你開心，因爲我們在生日時總是收到許多禮物。」

「是嗎？」帕克司說道。「如果是親戚給的禮物，那當然沒什麼啦！」

「才不呢！」貝兒答道。「不只是我們的親戚。以前連家裡的傭人都會送我們禮物，而當他們生日時，我們也會送他們禮物。這次我生日時，媽媽給我那枚很像金蓮花的別針，而維尼夫人則送我二個可愛的玻璃花瓶，我想沒有人會認爲那花瓶是她施捨給我的。」

「如果只是花瓶，那倒也沒什麼。」帕克司說道。「可是這些堆積如山的禮物，我怎麼可以接受呢！我是絕對不會接受的！」

「可是，這些又不是全部都我們送的。」彼得說道。「只不過是我們忘了綁上紙條罷了，這些都是村子裡的人送你的。」

「是誰告訴他們的？他們怎麼會知道呢？」帕克司說道。

「是我們告訴大家的啊！」菲莉絲說道。

帕克司頹然坐倒在一張有扶手的椅子上，用一種絕望的眼神看著孩子們。

「你們跑到村子裡，到處告訴人家今天是我生日，要人家送禮物給我？這不是在替我丟人嗎？你們用這一口袋子把東西全裝進去，把這些禮物都給我退回去！我真的很謝謝你們，我也相信你們完全是出自一片好意，怪只能怪我不夠了解你們！」說完帕克司就故意把椅子轉了過去，背對著孩子們，椅子腳在地板上磨擦，發出打破沈默的唯一聲響。

這時候，貝兒突然說道：「哎！事情好像真的很嚴重！」

「這句話應該由我來說！」帕克司頭也不回地說道。

「唉！」貝兒自怨自艾地說道：「如果你不喜歡我們，那我們以後不再做朋友也沒有關係，可是……」

「我希望我們永遠都是好朋友，無論發生了什麼事！」菲莉絲哭著說道。

「別吵！」彼得嚴肅地說了這一句台詞。

「可是，在我們回去之前，」貝兒自怨自艾地說道：「請你先看看我們原本想貼在禮物上的紙條吧！」

「我不想看什麼紙條。」帕克司說道。「以前我們靠我工作和我太太洗衣服所賺的錢過活，日子雖然苦點，但是從來沒向人伸手借過錢，但現在你們這種做法，簡直讓我成了大家的笑柄。」

「笑柄？」彼得說道。「我不明白！」

「伯伯每一次都愛亂下斷言。」菲莉絲說道。「上一次也是這樣，一直說我們不肯告訴你家裡那個俄國人的事，你就聽貝兒告訴你紙條寫些什麼嘛！」

「好吧！那妳就唸吧！」帕克司勉強說道。

「好的！我唸給你聽！」貝兒一面從口袋裡找出紙條，一面用毫不灰心的語氣說道：「我們在人家把東西交給我們時，把他們所說的話完全記了下來，他們的名字也都在上面。可是媽媽叫我們做事一定要謹慎——至於為什麼！我們也把她說的話記了下來——看了你就會明白了。」

不過，但是貝兒竟然無法立即讀出字條上的字，她吞嚥了一、二次口水後才開始唸。

帕克司夫人，從她先生打開浴室門的那一刻起，就開始一直不停地哭。但是她現在卻深吸了一口氣，停了哭聲說道：「別急！小姑娘！不管他多麼不諒解你們，我絕對相信你們一定是一片好意！」

「我唸紙條上的字句給你聽！」貝兒拿著一張張的紙條，終於選定了一張，哭著說道：「先唸我媽媽的，它是這樣寫的：『把小衣服送給帕克司夫人的小孩！』媽媽說道：『如果你們確定帕克司夫人不會生氣，不會認爲這是施捨，我就去找出菲莉絲那些太小的衣服送給他們。帕克司先生對你們很好，所以我也很想送他一點東西，但是我們也很窮，實在送不起貴重的東西。』」

貝兒嘆了一口氣。

「好吧！」帕克司說道。「你們母親眞是一位天生的淑女，我願意接受這些小衣服。這總成了吧！」

「還有嬰兒車、小點心和糖果。」貝兒說道。「這是藍莎姆夫人送的。她說：『帕克司先生的孩子們一定喜歡吃甜的東西。還有，這輛嬰兒車是我們家艾美買給她第一個孩子的——可惜他只活了六個月。而且她從此再也不能生孩子了。帕克司夫人若願意用這輛車，她一定會很高興。那個好孩子應該用得著這輛車子吧！如果我知道她願意用這輛車，我早就送給她了！』藍莎姆夫人是這麼說的。」

貝兒說道：「這就是他們家艾美第一個孩子的嬰兒車！」

「不能把嬰兒車送回去！帕克！」帕克司夫人斷然說道：「不能送回去啊！親愛的！我求求你……」

「妳少廢話！」帕克司粗魯地說道。

「還有鏟子！」貝兒說道。「這是吉姆士先生特地爲你準備的。他說——咦？到哪兒去了？啊！在這裡！在這裡！他是這麼說的：『這個小東西，送給我所尊敬的人，希望他喜歡！』他還說，如果可能的話，他實在很想爲你的孩子，和這附近的孩子，各打一副像馬一樣的蹄鐵。」
「吉姆士是個好人！」帕克司說道。
「還有蜂蜜！」貝兒急著說道。「和鞋帶。他說他最尊敬能把自己工作做好的人。還有肉店的老板也是這麼說。那個住在舊路旁小屋的女人，說伯伯年輕的時候，常常幫她整理院子——她說她這麼做不過是物歸原主罷了——我們也不知道她這麼說是什麼意思。送東西給你的人，都說他們很喜歡你。所以我們也都覺得很高興，沒有哪個人認爲自己是在施捨。還有那位老紳士，也請彼得轉交一鎊金幣，因爲他說你很盡忠職守。我想，聽了這麼多人對你的稱讚，伯伯應該覺得很高興吧！唉！我從來沒有覺得這麼難受過。再見了！等你原諒我們之後，我……」
說到這裡後，她就不再往下說了，接著她就要離開了。
「等一下！」帕克司仍是背向著他們說道。「我原本想要反駁你們的話，現在一句也說不出口了，妮亞！把水壺放到爐子上！」
「如果你還是不高興，那我們可以把所有的東西都帶走！」彼得說道。「可是大家一定會跟我們一樣感到很失望。」
「我不是不高興！」帕克司說道。「我也不知道該怎麼說！」他頓足說道。
突然，他轉過身來，只見他臉色十分奇怪。
「我從來沒有這麼高興過。不只是因爲這些禮物——雖然這些都是很珍貴的東西！這些鄰居都對我太好了，我怎麼配接受這些好意呢！妮亞！妳說呢？」

「啊！你當然配接受這所有的東西啦！」帕克司夫人說道。「這又不是你去要來的，帕克！不是嗎？」

「不！不是！」帕克司斷然說道。「他們從來沒對我說過他們尊敬我！」

「可是，大家眞的都尊敬伯伯啊！」貝兒說道。「他們都這麼說呢！」

「你知道以後，一定很高興吧！」菲莉絲開朗地說道。

「嗯！我們一起喝茶吧！」帕克司說道。

後來，彼得說，祝帕克司身體健康。帕克司乾了一杯，並說他很榮幸接受這些茶葉。

「乾杯！願友情的花冠常青，永不凋謝！」帕克司突然冒出這句頗富詩意的話，眞是出乎大家意料之外。

「這些孩子眞是可愛！」帕克司上床時對太太說道。

「的確！眞謝謝他們！」太太說道。「可是你發那麼大的脾氣，害我覺得很不好意思——眞是的——」

「別這麼說嘛！媽媽！我哪知道那不是施捨呢？否則我幹嘛生氣？不過話說回來，那些如果是施捨的東西，我絕不會接受！」

＊

所有的人都覺得這個慶生會很幸福。帕克司、帕克司夫人和帕克司的孩子們，除了得到一些可貴的禮物之外，也領受了衆人的好意。三根煙囱屋子的孩子們，因爲一切按計劃進行送出了所有的禮物而高興。藍莎姆夫人看到帕克司那個胖胖的嬰兒坐在那輛嬰兒車，覺得很高興。帕克司夫人到村子裡，向送他們禮物的鄰居們致謝，由於感受到周遭有這許多好朋友，心中更加溫暖。

「是啊！」帕克司說道。「與其指責一個人做了什麼事，倒不如看他做這件事的出發點是什麼。的確，做事的動機才是最重要的。可是，如果他們眞的是施捨呢？」

「你這個人怎麼搞的嘛！」帕克司夫人說道。「跟你說過多少次，這不是施捨！不管你愛怎麼胡思亂想，總之，大家都只是基於友情！」

牧師來找帕克司夫人時，她把這件事從頭至尾告訴了牧師，並問道：「有叫做友情的東西存在吧！」

「沒錯！」牧師說道。「有時候，也可以說是愛，或是友善！」

你大概也猜到了，結局是十分圓滿的。但是在做這一類事情時，一定要非常愼重地考慮過。因爲就如同帕克司經過一段時間的考慮後所說的一樣，做了什麼事並不重要，最主要的問題是，做事的動機到底是什麼。

# 第十章　可怕的秘密

剛搬到三根煙囪屋子的時候，孩子們總愛問許多關於爸爸的問題，如在什麼地方？在做什麼？幾時回來等等。母親總是盡可能回答這些問題，但是日子一久，關於爸爸的話題就漸漸減少了。貝兒從一開始就發現，不知道爲了什麼悲傷的原因，這些問題會傷害母親，讓她難過。漸漸地，其他兩人雖沒說出口，但他們顯然也察覺到了這種情形。

這一天，母親忙得沒時間休息，貝兒於是要大家把茶送到母親工作的房間去。這裡幾乎沒有什麼家具，只有一張桌子、一張椅子，和一張地毯。不過孩子們知道，窗台和壁爐上，常常放著一個插著花的罐子。而從那個沒有窗帘的細長形窗戶望出去，可以望見那美麗的廣大牧場、荒地，深紫色的山丘，以及變化萬端的天空和雲彩。

「我們送茶來了，媽媽！」貝兒說道。「快趁熱喝吧！」

母親坐在桌前，埋首於書堆中，見她進來就放下了筆。母親寫的字像鉛字一樣整齊，但是比鉛字還要好看，母親用手支著頭。

「可憐的媽媽！」貝兒說道。「頭會痛嗎？」

「不！不會！沒什麼！」母親說道。

「啊！貝兒、彼得、菲莉絲，你們都忘了爸爸嗎？」

「怎麼可能！」貝兒憤然說道。「爲什麼這麼說呢？」

「可是，你們最近都不再提起爸爸了！」

貝兒猶豫了一下，最後還是決定反駁母親。

「只有我們自己的時候，常常說起爸爸呢！」她說道。

「可是，爲什麼不跟我提呢？」母親問道。

貝兒覺得很難開口解釋。

「我……媽媽……」貝兒欲言又止，遂走向窗邊看著外面。

「貝兒！到這兒來！」母親說道，於是貝兒走了過去。

「來！」母親握著貝兒的手，頭靠在貝兒肩上說道。「跟我說！」

「告訴媽媽！」

貝兒遲疑著。

「呃……呃……」貝兒說道。

「爸爸不在，媽媽可能會覺得更難過，所以我決定不再問起。」

「那其他兩人呢？」

「我不知道他們的想法。」貝兒說道。「我沒有把這件事告訴他們，可是我看他們的想法大概也和我一樣吧！」

「貝兒！」母親的頭仍靠在她肩上說道。「沒錯！和爸爸分開，對我們而言實在是最可悲的事——這實在太可怕——簡直難以想像。所以剛開始，你們只要一提起爸爸，我就覺得傷心，不知道該怎麼辦。但是如果你們把爸爸給忘了，那就更可怕了，我更害怕這樣。」

「這麼傷心的事，」貝兒很小聲地說道：「我答應絕對不問，我到目前爲止，不也都沒問嗎？可是……這件傷心事……總不會一直持續下去吧？」

「是啊！」母親說道。「等最惡劣的情勢過去了，爸爸就可以回家了。」

「我會安慰媽媽的。」貝兒說道。

「啊！貝兒！妳當然能啦！若是沒有妳，我眞不知道該怎麼辦才好——如果沒有妳和其他兩個孩子的話。妳以爲我沒發現你們的改變嗎？你們不再像以往那樣吵架了——而且對我細心又體貼——送我花，替我擦鞋，又在我提醒你們之前，就自己上床睡覺了。」

貝兒心想，母親是不是從以前就一直注意到了這些事。

「這些事也沒什麼啦！」貝兒說道。

「我得繼續工作了。」母親說著又緊緊地抱了貝兒一下。

「這些話，妳別對其他的孩子說。」

這天晚上睡覺前，母親沒唸故事給孩子們聽，而是說起媽媽和爸爸小時候，住在鄉下時玩耍的事。由於非常有趣，孩子們聽了都笑開了。

「艾多叔叔在長大之前就死了嗎？」菲莉絲在母親爲臥室點上蠟燭時問道。

「哎！是啊！」母親說道。「他要是還活著，你們一定會很喜歡他。他很勇敢，喜歡冒險。雖然常常惡作劇，但是，大家還是喜歡和他做朋友。還有一位住在西隆的雷義叔叔啊……對了！爸爸也在很遠的地方，他如果知道你們喜歡聽他小時候的故事，一定會覺得很高興。妳說是不是呢？」

「艾多叔叔就不同了。」菲莉絲用受到震驚的聲音說道。「他已經到天國去了。」

「他雖然被神帶走了，但是他不會忘了我們，也不會忘了以前的事。就像我們也沒有忘了他一樣。你們要記住！他只是到很遠的地方去了，總有一天，我們會再見面的！」

「雷義叔叔呢……還有爸爸也是一樣嗎？」彼得說道。

「是啊！」母親說道。「雷義叔叔和爸爸也都一樣。該睡覺了，晚安！孩子們！」

「晚安！」大家說道。貝兒把母親抱得比平常更緊，在她耳邊低語道：「我好喜歡媽媽……我喜歡妳……喜歡妳！」

貝兒絞盡腦汁，左思右想，但是總想不出來到底是什麼事情讓母親如此難過。但總不能一直這樣下去。爸爸沒有死——像艾多叔叔一樣——母親如此說道。也沒生病。這麼說，母親應該知道爸爸的消息。如果只是變窮了，應該不會這麼傷心。貝兒心想，這一定是比錢還要緊的事情。

「別再想了吧！」她對自己說道。「不行！不能再胡思亂想了！媽媽注意到我們不再吵架了，我以後一定要繼續下去，讓媽媽高興！」

啊！可是偏偏在那一天下午，彼得和貝兒又幹了一件彼得稱之為「第一級騷動的事」。

大約一星期之前，他們要求母親把院子裡那塊地給他們用。母親答應了，她把桃樹下南方的土地分為三塊，讓孩子們各自種植自己喜歡的植物。

菲莉絲種了桂花、金蓮花和維吉尼亞紫羅蘭。種子發芽了，剛開始看起來像雜草似的，但是菲莉絲相信她們總有一天會開花的。維吉尼亞紫羅蘭彷彿要呼應她對她們的信賴似的，很快的，她的花園裡就開滿了粉紅色、白色、紅色和淡紫色的小花，熱鬧非凡。

「還好我沒有把她們當成野草拔掉。」她時常高興地說道。「我的花兒開得眞美！」

彼得種的是蔬菜——胡蘿蔔、洋蔥和蕪菁。那種子是住在橋頭、用木頭和灰泥建成的房子中的農人給他的。那農人還養了火雞和珍珠雞，是個很和藹的人。可是彼得並沒有好好照顧他的蔬菜。因為他喜歡在自己的園子裡挖掘運河，為玩具軍隊建立要塞或堡壘。所以他很少去看照那些蔬菜種子，而且還經常為了戰爭或灌溉，把菜園翻攪得亂七八糟。

貝兒種的是玫瑰花，但是那小小的新葉全都枯萎凋謝了，這一定是因為她在不適合種植玫瑰花的五月裡，將此株由他處移植回來的結果。可是貝兒不願相信玫瑰會枯死，她仍抱持著希望。

直到有一天，帕克司來看她的院子時，非常篤定地宣布玫瑰已經枯死了，她才死心。

「別灰心！小姑娘！」他說道。「我從我院子裡帶些新的花樹給妳，有三色堇、紫羅蘭，還有美洲瞿麥、忘憂草等等。妳先把地整好，我明天就帶過來。」

所以隔天，也就是貝兒開始工作，母親偶爾稱讚她和其他孩子沒有吵架的那一天，貝兒把玫瑰花枝拔起，拿到堆積柴薪的地方。

而另一方面，彼得為了建造隘道、堤防、運河或水道，也決定剷平要塞和堡壘。所以當貝兒把花枝運走後，正好看見彼得拿著耙子，工作得十分忙碌。

「我要用耙子！」貝兒說道。

「可我正在用呢！」彼得說道。

「可剛才是我在用啊！」貝兒說道。

「這麼說，現在正好輪到我用！」彼得說著就要開始吵架了。「妳每次都只會說別人討厭，也不看看自己！」彼得在激烈的辯論後說道。

「是我先用耙子的！」貝兒抓住木柄，面紅耳赤，高傲地說道。「今天早上，我不就說過了嗎？是不是啊？菲兒！」

菲莉絲說她不想捲進二人的爭執裡面，但是她當然立刻被捲了進來。

「如果妳記得，就應該說啊！」

「當然，如果妳不記得，就說不記得也沒關係！」

「我怎麼會有這麼幼稚的姊妹呢？我要是有男生的兄弟就好了！」彼得說道——這是最容易激怒貝兒的詞句。

於是，貝兒立刻像平常一樣予以反擊。

「怎麼會發明弟弟這種東西呢？」她說這句話時抬頭見了母親書房那三個狹長的窗戶，正染上了紅色夕陽的絢麗色彩。於是「不再像以往那樣吵架了！」的誇獎來到了耳邊。

「啊！」貝兒叫道。彷彿被打了一下，或手指被門挾住，或是蛀牙發作似的叫聲。

「怎麼了？」菲莉絲問道。

貝兒不想說。「不要吵架了！因爲媽媽會不高興！」雖然她很想這樣大聲說出來，但是她不能說。因爲彼得正一臉不高興地看著她。

「你把這個耙子拿走吧！」她好不容易才說出這一句話，接著就放開了手。但由於本來雙方都是盡全力拉扯，她這麼突然一放手，彼得整個人於是向後傾倒，而那耙子的耙齒也就順勢插進了他的腳。

「對不起！」貝兒說道。

彼得持續了三十秒沒有出聲——這段時間已足夠嚇到了貝兒。但接著她嚇得更厲害了，彼得開始大叫——那是很尖銳的叫聲——臉色發青，試著要站起來，但立刻又跌坐下去，只能虛弱地坐在那兒慘叫，就像四分之一哩遠處殺豬的聲音一樣。
母親從窗戶探出頭來，三十秒後，她已經走到院子，來到了不斷尖叫的彼得身邊。
「怎麼了？彼得！」母親說道。
「是耙子！」菲莉絲說道。「彼得抓著耙子，貝兒也抓著，後來因爲貝兒放手，所以彼得就跌倒。」
「別叫了！彼得！」母親說道。「立刻停止這種叫聲吧！」
彼得用剩下的力氣，控制自己不要叫出聲來。
「哪！」母親說道。「受傷了嗎？」
「如果眞的受傷了，就不會叫這麼大聲了！」貝兒氣得發抖說道。「膽小鬼！」
「我想可能骨折了吧！」彼得怒道。
他想站起來，但臉色立刻發青，母親趕緊握住他的手。
「一定是受傷了！」母親說道。
「別逞強了。來！貝兒！坐在這兒！讓他把頭靠在妳膝蓋上。」
接著母親脫下了彼得的鞋子。脫下右腳鞋子時，只見似乎有什麼東西滴到了地上，原來竟是紅色的血。脫下襪子一看，彼得的腳背傷得很重，耙齒在他腳下戳出了三個洞，流出來的血把他整隻腳都染紅了。

「去拿水來，把臉盆裝滿！」母親說道。菲莉絲飛奔而去。但由於她太焦急了，以致於臉盆中的水都幾乎灑到外面了，於是她只好再用水罐去裝一次水。

直到母親在他腳上纏好手帕之前，彼得都無法睜開雙眼。母親和貝兒把他抬回家裡，放在餐廳茶色的長木椅上。這時候，菲莉絲已經在往醫生家的路上了。

母親坐在彼得旁邊，幫他洗腳，和他說話，貝兒走了出去，準備茶點，把茶壺放到爐上。

「大家一定都在怪我！」她自言自語道。「啊！如果彼得死了，或者變成跛腳，或是一輩子都要拄著拐杖，或是要穿那種圓木般鞋底的鞋子，那該怎麼辦？」

她一面想著這些可能性，一面靠著門，眼睛盯著水桶。

「我要是沒有出生的話，那該有多好！」她說道。她說話的聲音不小。這時候，突然有一個聲音問道：「咦？怎麼回事？又怎麼啦？」原來是帕克司帶了綠色植物，並掘了許多泥土放在木製的籃中帶來給她。

「啊！伯伯！」貝兒說道。「彼得的腳被耙子戳傷了——有三個好大的傷口，就像受傷的士兵一樣。而這一件事，有一半是我的錯！」

「這可眞糟糕！」帕克司說道。「看醫生了沒？」

「菲莉絲去請了！」

「一定不要緊的。別往壞的地方想了。」帕克司說道。「我爸爸也曾經讓耙乾草用的耙子耙傷，而且還是傷在肚子上呢！過了二、三個星期就復元了。後來他的腦筋變得比較差，不過大家都說那是因爲在乾草場曬了太多太陽的緣故，而與耙子無關。這我記得很清楚。他脾氣好，對我們又和氣！」

貝兒聽了這些勸慰的話，心裡終於覺得好過了一點。

「不過！」帕克司說道：「在這種時候，我想妳一定不想整理院子了吧！妳告訴我妳的院子在哪裡，我把我帶來的東西放到那裡去，等妳有空再去整理吧！醫生來了，好像在客廳，妳去聽聽看他怎麼說吧！打起精神來！小姑娘！一定會沒事的，我可以跟妳打賭一鎊！」

不過，其實情況嚴重。他看過彼得的腳之後，把他包紮地很好，然後宣布彼得至少一星期不能走路。

「會不會跛腳，一定要拄拐杖才能走？或是長瘤呢？」貝兒焦急地問道。

「唉！妳想到哪兒去了！不會的！」夫雷司特醫生說道。「兩週之後，他就可以活蹦亂跳了。別擔心！小媽媽！」

母親送醫生到門口，聽他最後的指示，菲莉絲出去把水壺裝滿水時，彼得和貝兒發現，現在只剩下了他們兩人。

「醫生說你不會變成跛腳什麼的。」貝兒說道。

「當然不會啦！笨蛋！」彼得口裡雖這麼說，但他到底還是鬆了一口氣。

「啊！彼得！對不起！」貝兒嘆了一口氣說道。
「沒關係啦！」彼得粗魯地說道。
「大家一定都覺得我很壞！」貝兒說道。
「別傻了！」彼得說道。
「如果我不和你吵架，就不會發生這種事了。我本來想跟你說，我們不要吵架了，可是我卻沒說。」
「妳別再說這些廢話了好不好。就算妳當時說了，我也不見得肯聽妳的話，對不對？總之，我們吵架與這件事無關。就算不吵架，我還是有可能跛腳，或是被乾草機切斷手指頭，或是被煙火衝進鼻子。就算不和妳吵架，我還是可能會受傷啊！」
「可是我知道，吵架是不對的。」貝兒垂淚道。「所以才害你受傷……」
「唉！算了！」彼得斷然說道。「把眼淚擦掉！妳再哭下去，都快成了小白兔了！」
「我才不會變成小白兔呢！不過你變得這麼好，害我都不知道該怎麼說才好了。」
（各位溫柔的讀者，如果您也碰上這種情況，想必也會有這種困擾吧！）
「別這麼說嘛！」彼得說道。「還好妳沒受傷，而是我受傷。如果換了是妳，一定會像個憂鬱天使似地躺在沙發上，這麼一來，全家都要擔心死了！」
「我才不會呢！」貝兒說道。

「會！一定會！」彼得說道。

「我不會！」

「妳會！」

「唉！孩子們！」母親的聲音在門口響起。「又吵架了？還要吵嗎？」

「我們沒有吵架啦……真的！」彼得說道。「不要每次人家只是意見不合，就以為人家在吵架嘛！」

於是，母親又走了出去。她一走，貝兒立刻說道：

「彼得！對不起！我害你受傷，可我不喜歡你說我是兔子！」

「嗯！」彼得想了想之後說道。「彼此彼此！我剛才痛得半死的時候，妳還不是罵我膽小鬼！」

「好嘛！」貝兒說道。「我以後不這樣說你就是了。」

「那我們和解吧！」彼得寬宏大量地說道。「過去的事就算了。我們握握手吧！貝兒！我累壞了！」

他接下來的幾天，每天都覺得很累。因為他們雖然在椅子上鋪了毯子和棉被，但是那椅子好像還是很硬。不能站立的確是一件很糟糕的事。他們把長椅搬到了窗邊，這樣，彼得就能看見火車往山谷的煙，可是他看不到火車。

剛開始，貝兒照自己的意思，對彼得非常溫柔體貼，但她又很怕彼得會因此嘲笑她，因此十分不安，但還好看在彼得眼裡，只覺得貝兒和菲莉絲二人對他很好，心裡覺得很高興。當姊妹倆出去時，母親就在旁陪他。「我不是膽小鬼！」一旦下了這個決心，雖然他的腳在每個夜晚都痛得很厲害，但他還是都咬牙忍著不叫出聲。

有許多人來探望他。帕克司夫人來訪，問他覺得如何了？還有站長及村裡的許多人都來了。但是時間過得怎麼這麼慢呢？

「有沒有什麼書可以看呢？」彼得說道。「家裡的書，我都看了五十遍以上了。」

「我去醫生家看看！」菲莉絲說道。「他那邊一定有一些書！」

「他一定只有一些爲什麼會生病啦，或是人體內臟之類的書。」

「帕克司那裡應該有很多人家讀過後，放在火車車廂裡的雜誌才對！」貝兒說道。「我去問問看！」

於是，女孩兒們分二路進行。

貝兒找到了正忙著擦拭煤油燈的帕克司。

「那小男生怎麼樣了？」他說道。

「他很好！謝謝！」貝兒說道。「可是他覺得很無聊，所以我來問問看，有沒有什麼雜誌可以借他？」

「這個嘛……」帕克司一面想，一面用一塊沾了油垢的污黑棉布擦著耳朵說道：「我早上還在想，有沒有什麼東西能逗他開心呢？怎麼我當時沒想到？有一隻可愛的土撥鼠，我想他一定會喜歡！」

「哇！太棒了！是活的土撥鼠吧！他一定會很高興！可是我想他也會喜歡雜誌的！」

「啊！有了！」帕克司說道。「那邊有一些可以畫畫的紙，我這就去拿給妳！」

於是，帕克司走向角落一個堆放著紙的地方，拿了大約六呎厚的紙過來。

「哪！」他說道。「我用紙和繩子包好給妳！」

他將一張舊報紙攤在桌上，然後把剛才那一大疊紙整整齊齊地包好。

「包好啦！」他說道。

「伯伯！你眞好！」貝兒說完就提著那包紙走了。那包紙很重，所以她在平交道等待列車經過時，貝兒就把那包裹先放在地上，而這時候，剛好看見那包在最外層的報紙上的鉛字。

突然，她抓起了那包裹，仔細地盯著上面的字。她覺得這像是一個可怕的夢。她讀那條新聞——下面部分已經撕破了——所以無法把整個報導讀完。

貝兒已經忘了自己是如何回到家的。她回到了自己的房間，把門上了鎖，解開了包裹，坐在床鋪邊緣，雙手冷涼如冰，臉頰灼熱如火。她讀著那鉛字的報導，等她全部讀完，不禁長嘆了一口氣。

「啊！太可怕了！」

貝兒所讀的那篇新聞是這樣的：「裁判的結果。評決。判決。」

被裁決的人名是她的父親，評決爲「有罪！」判決爲「五年徒刑」。

「啊！爸爸！」她把報紙揉成一團，喃喃說道。「怎麼會有這種事……我不相信。爸爸不可能做這種事，絕不會！絕不會！絕對不會！」

敲門聲響起。

「誰？」貝兒說道。

「是我！」是菲莉絲的聲音。

「茶準備好了。有一個人送了一隻土撥鼠給彼得，妳快下去！」

於是，貝兒只得下樓去。

# 第十一章　紅衣獵犬

貝兒知道了秘密。那一張包在外面的舊報紙——這麼微小的機會——讓她知道了這個秘密。貝兒不得不下樓去，並且還要裝出一副沒事的樣子。但是她雖鼓足了勇氣要這麼做，可惜僞裝得不大成功。

貝兒一走過來，每個人都抬起頭來看她。因爲她雙眼紅腫，而且發青的臉上滿是淚痕。

「咦！貝兒！」母親一面提起茶壺，一面問道。「到底怎麼了？」

「我的頭很痛！」貝兒說道。這倒是實話。

「怎麼啦！」母親問道。

「唔！不要緊的！」貝兒說道，她用紅腫的眼睛望著母親……「不能當著大家的面提起！」她心想。

午茶時間過得並不愉快。彼得顯然很擔心貝兒出了什麼事，因此除了偶爾說句：「請給我麵包和奶油！」之外，再也不曾說別的話，菲莉絲在桌底下握著姊姊的手表示同情，但卻因而把自己的杯子給打翻了，貝兒幫忙換桌巾，並擦乾打翻的牛奶。她覺得午茶時間好像永遠不會結束似的。當所有東西都吃完，而茶也喝完時，母親把茶壺提了出去，貝兒立即跟在她身後。

「貝兒也出去了！」菲莉絲對彼得說道。「她要做什麼呢？」

「一定是出了什麼事！」彼得說道。「如果只是頭痛，她的表情不會那麼奇怪。母親絕不可能做錯什麼事啊！啊！妳聽見了沒？兩人都上樓去了。貝兒有什麼東西要給媽媽看呢……該不會是裝了一隻水鳥的水罐吧！」

貝兒走到廚房，放下了茶具後，就抓住了母親的手。

「怎麼回事？」母親問道。

可是，貝兒只說道：「我們去二樓，別人都聽不到的地方比較好說。」

接著，她把母親帶到了自己的房間，把房門上了鎖，而後靜靜地站著，什麼話也沒說。

剛才在喝茶的時候，她一直想著自己要說些什麼，最後她決定要說「大家都知道了！」或「我什麼都知道了！」或是「可怕的秘密已不再是秘密了！」但是這時候，這房間裡只剩下自己，母親和那張可恨的舊報紙時，她突然覺得什麼都不想說了。

突然，貝兒走近母親身邊，抓住了她的雙手，又哭了起來。由於一時之間，她不知道該說些什麼，因此她只是一一重複說道：「啊！媽媽！啊！媽媽！」

母親緊緊擁抱著她，耐心地等著。

突然，貝兒離開了母親的懷抱，走向床邊，毅然決然抽出那一張她剛才藏在床墊下的舊報紙，用顫抖的手指著父親的名字，把報紙遞給了母親。

「啊！貝兒！」母親終於知道到底是怎麼一回事兒了。「妳不會相信吧？妳該不會相信爸爸做了這種事吧？」她叫道。

「我不相信！」貝兒幾近尖叫地說道。她已經停止了哭泣。

「那就好！」母親說道。「那不是眞的！他雖然坐了牢，但是他並沒有做什麼壞事。只要我們相信爸爸是清清白白的，那就夠了！但是我們現在只能夠靜靜地等待。」

貝兒再度緊緊地摟住了母親，現在她的腦子裡又多了一個詞彙，於是她又開始反覆說道。

「啊！爸爸！啊！爸爸！」

「為什麼不告訴我們呢？媽媽！」過了一會兒後，貝兒問道。

「妳告訴其他孩子了嗎？」母親問道。

「沒有！」

「爲什麼？」

「這……」

「這就對了！」母親說道。「那麼，妳就應該知道我爲什麼不告訴你們了吧！我們兩人都要保密哦！」

「嗯！」貝兒說道。「媽媽！妳可不可以把事情的經過告訴我，我很想知道。」

於是，媽媽就把當初的情形，一五一十地告訴貝兒——就在那個令人永遠難忘的夜晚，爸爸答應要為彼得修理火車頭，有人來拜訪父親，說他出賣國家機密給俄國——也就是說，以間諜和賣國賊的罪名逮捕了爸爸，證據是由爸爸辦公室搜出的一封信，法官就是根據這一封信，判決爸爸有罪。

「啊！其他人怎麼想呢？他們應該相信爸爸是無辜的吧？」貝兒叫道。「爸爸怎麼可能做這種事呢？」

「那是有人栽贓嫁禍！」母親說道。「有人要害妳爸爸！就是那封信……」

「對了！那封信怎麼會在辦公室裡？」

「是有人偷偷放進去的。放那封信的人，才是眞正犯罪的人。」

「那個人難道一點也不覺得愧疚嗎？」貝兒怒道。

「他大概不會有這種感覺吧！」母親憤然說道。「否則他也不會做這種事了。」

「他會不會是怕在自己那裡被搜查出來，所以才把信藏到爸爸的辦公室裡？律師為什麼不提出這一點？總該不會有人故意要害爸爸吧？」

「啊！我不知道！我不知道……妳爸爸如果出事了，他屬下的人也就能升上他的位子——妳爸爸太能幹了，所以一直有人很嫉妒他。妳爸爸不太相信這些人！」

「有沒有把這些事告訴別人呢？」

「到了這種地步，還有誰肯聽呢！」母親悲苦地說道。「根本沒一個人肯相信我們。妳以爲我什麼都沒做嗎？沒有用的！貝兒！我們什麼事都不能做。我們——你們、我和爸爸——所能做的，就是拿出勇氣，拚命忍耐！」母親用極度溫柔的聲音說道。

「我們只能祈禱了！貝兒！」

「媽媽！妳瘦多了！」貝兒憐惜地說道。

「大概瘦了一點吧！」

「啊！」貝兒說道。「我覺得媽媽是世界上最了不起最勇敢的人！」

「啊！以後別再談這些事了，好嗎？」母親說道。「我們要一直勇敢地忍耐下去，所以以後也不要再想這些事了，我還算是很幸運，你們這些孩子一直都是我最大的安慰。來！高興一點！等一下就到院子裡去吧！」

其他的兩人都對貝兒特別和善，而且他們什麼都沒問。這是彼得的立意，要是他沒事先說好，恐怕菲莉絲早已問了千百回。

一星期之後，貝兒終於有了自己獨處的時間。她又開始寫信了，這一回仍是寫給老紳士。

我最親愛的朋友：請看這篇報導。這不是眞的。我父親絕對不會做這種事。我母親說，這是因爲有人把那封信放進父親的辦公室。而且那個人是父親的部下，他一直想奪取父親的地位。他很嫉妒父親，而我父親似乎也有提防這個人。可惜沒有人肯相信這一件事。不過您是如此親切又聰明，所以我想請您幫忙。您上次很快找到了那位俄國人的太太，那您是不是也能替我找出那個眞正背叛國家的人呢？

我以名譽擔保，絕不是父親做的，因爲父親是英國人，他絕不會做這種事。如果事情澄清了，那父親說可以出獄了，我很擔心的是母親瘦多了。以前母親曾說過，要我們爲所有的囚犯和被捕之人祈禱，我現在終於明白爲什麼了。啊！請幫助我——這件事只有母親和我知道，但我們兩人什麼都不能做。彼得和菲莉絲不知道。

如果您願意爲我試看看——只要找出那個人就好了——我到死之前，都會每天爲您禱告兩次的。請您想想，如果他是您的爸爸，您會怎麼做呢？啊！拜託！拜託！求求您幫助我！祝福您！

永遠愛您的小朋友

蘿貝敬上

《附註》：如果母親知道我要寫信給您，她一定會叫我問候您。可是我想，如果您不願意幫忙，那就沒有必要告訴她了。不過，我想您一定會幫我的！祝福您！

她用母親那把洋裁用的大剪刀剪下父親判決的那篇報導，連同信紙一起裝入信封。接著她拿著那封信，瞞著其他兩人，悄悄去了火車站。然後把信交給站長，請他隔天早上轉交給老紳士。

「妳去哪裡？」彼得和菲莉絲坐在內院的土牆上，大聲叫道。

「當然去車站啦！」貝兒說道。「幫幫我！彼得！」

她的腳踩在門鎖上，彼得把手伸出給她。

「這是什麼？」貝兒上了土牆後問道。菲莉絲和彼得弄得渾身是泥，而且二人之間的土牆上有一些溼溼的泥塊。二人滿是泥土的手上，各持一塊石板，彼得身後還放了幾個圓圓的香腸型、中空、只有一面緊閉的東西。

「那是巢！」彼得說道。「是燕子的巢。我們想把它打開，曬乾後，用繩子掛在屋簷下。」

「是啊！」菲莉絲說道。「然後再找來一些溫暖的毛髮，春天時把它敷上，這樣燕子一定會很高興！」

「我覺得人本來就該照顧一些小動物！」彼得露出慈善家的神情。「要是從以前開始就有人為燕子做巢，那該有多好！」

「唔！」貝兒含糊應道。「可是大家做的事如果都一樣，那其他人豈不是沒事可做了。」

「妳看那些巢——很美吧！」菲莉絲伸手到彼得那裡拿一個巢過來，一面說道。

「小心點！菲兒！」哥哥說道。

但已經遲了。她強而有力的小手指已經把巢捏碎了。

「妳看！」彼得說道。

「不要緊吧！」貝兒說道。

「這個是我的！」菲莉絲說道。「所以你別生氣！彼得！是這樣的，我們在自己做的巢上面，都寫上了自己名字的第一個字母。這樣燕子才知道要感謝誰或喜歡誰。」

「燕子又不識字，笨蛋！」彼得說道。

「你才是笨蛋呢！」菲莉絲反駁道。「你怎麼知道？」

「到底是誰先想到要做巢的？」彼得大叫道。

「是我！」菲莉絲尖叫聲說道。

「算了吧！」彼得也提高了聲音說道。「妳只說要用乾草做巢，放在常春藤裡給麻雀當巢而已。要是照妳那種做法，小鳥的蛋還沒孵出來之前，恐怕就都落地破了，想到用黏土做燕子窩的人是我！」

「我已經忘了誰說什麼了。」

「好了！」貝兒說道。「別吵了！我這根棒子借妳，妳就可以寫上名字了。可是怎麼辦呢？妳和彼得名字的第一個字母相同，彼得是P，妳也是P！」

「菲莉絲寫成P就成了！」這個名字的主人說道。「發音一樣就好了！反正燕子也不會拼菲莉絲這個字。這一點我倒相信！」

「我什麼都不寫！」彼得固執地說道。

「那麼，一些故事書裡常有燕子的脖子上掛了一張耶誕卡或賀年卡的圖畫，如果他們不識字，那怎麼知道該把信送去哪兒呢？」

「那只是圖畫而已嘛！妳有沒有眞的看過脖子上掛了一封信的燕子呢？」

「是嗎？那鴿子呢？爸爸有說過鴿子會送信呢！也許燕子是把信藏在翅膀下，所以我們才看不到啊！而且……」

「啊！對了！」貝兒趕緊打斷她的話說道。「明天應該會有撒紙遊戲哦！」

（當兔子的兩人撒紙，而其他人當獵犬追逐的遊戲，稱爲撒紙遊戲。）

「誰要玩呢？」彼得問道。

「是格朗姆學校！帕克司說兔子剛開始會沿著鐵軌跑，這樣我們就可以看到很遠很遠的範圍了。」

貝兒明白撒紙遊戲這個話題要比燕子識不識字的問題要有趣多了，所以她故意以此轉移二人的注意力，果然一舉奏效。

＊

隔天早上，母親爲他們準備了便當，讓他們帶去參觀撒紙遊戲。

「我們跟著撒下的紙走，」彼得說道，「即使錯過了撒紙遊戲，也還能看到工人。」

當然，自從上次發生地震之後，清除鐵路上的岩石，泥塊及樹木等，需要花費相當的時間。

大家應該都還記得上次的事故吧！

也就是這三個孩子揮舞著六枝紅色小旗，拯救了火車的那一次。

他們覺得看工人們工作也是一大樂事。只見他們拿著鐵鏟、圓鍬、厚板子，手推車等工具，連晚上都在工地旁點亮了紅色的燈，辛勤地工作著。當然孩子們是不曾在夜間外出的，不過他們曾經有一次，從彼得臥室的天窗爬上屋簷，看見那紅燈閃耀著紅色的光芒。雖然孩子們已看過好幾次工地的工作情形，但是今天他們來到這裡，看到鐵鏟、圓鍬等工具此起彼落，還有手推車在一旁團團轉，忙個不停，孩子們都覺得興味盎然，早把什麼撒紙遊戲忘得一乾二淨。

這時候，只聽身後突然傳來「對不起！借過一下！」的聲音，一回頭，嚇了一跳，差點沒跳將起來。原來說話的人正是「兔子」——是一位身材高大，黑色頭髮緊貼在濡溼額上的少年。這時候他正用繩子繫緊了肩，裝著碎紙的紙袋換提到了手上。孩子們趕緊讓路。

只見那「兔子」沿著鐵路跑，工人們一面幹活，一面看著他，不久他就奔進了隧道口，消失了蹤影。

「啊！那是違法的！」工頭說道。

「說什麼嘛！」年紀最大的工人說道。「你自己沒當過小孩子嗎？培茲先生！」
「我要報告上級！」
「別說這種掃興的話嘛！」
「不管乘客有什麼藉口，都不能截斷鐵路！」工頭信心動搖地小聲說道。
「他又不是乘客！」另一名工人說道。
「而且他也不是截斷鐵路啊！」又有另一個人說道。
「所以，他根本也不用找什麼藉口！」第三個人說道。
「對嘛！」最年長的那名工人又說道。「何況我們現在也看不到他了，對於看不到的事，又何必去在意呢！」
不久，跟隨碎紙而來的獵犬們也隨後而至，全部共有三十人。有一人、二人、三人、六人、七人，下了那一道險峻陡峭的階梯。貝兒和菲莉絲、彼得忙著數過往的獵犬數目。最前面的那一個人，一下了階梯，就看見了碎紙在鐵路沿線泛著白色亮光，於是他立即追往隧道方向。因此，又有一人、二人、三人、六人、七人也隨之消失在隧道口。這時候，連最後一名穿紅套衫的人也消失在陰暗的隧道裡。
「他們怎麼看得見呢？這我就不懂了。」工頭說道。「那裡頭一片漆黑，可不是那麼好走的，而且隧道裡還有兩三次轉彎呢！」

「他們從進去到出去，要花多少時間呢？」彼得問道。
「大約一小時吧！做什麼？」
「那我們爬上山，應該能見到他們跑出隧道。」彼得說道。「我們可能會先到呢！」既然有了這個計劃，大家於是開始行動。
他們攀上了那路旁滿是野花的階梯，由於十分陡峭，所以倍感艱辛。
「好像在登阿爾卑斯山一樣！」貝兒喘著氣說道。
「我看的確也差不多了！」彼得說道。
「這座山好像叫做比摩山吧！」菲莉絲喘息著說道。「應該是比摩艾巴拉斯特山才對！啊！讓我休息一下！」
「加油！」彼得說道。「做深呼吸！」
菲莉絲照哥哥的話做，繼續努力，經過一段時間的掙扎，他們終於來到了山頂。
「呼！累死了！」彼得鬆了一口氣，立即平躺到了草地上。
山邊是一片台地，上面長滿了野草、生苔的石頭和小灌木。
女孩兒們也躺了下去。
「時間還很充裕！」彼得喘著氣說道。「等一下下坡就容易多了。」
他們休息夠了之後就站了起來四處觀望。這時候，貝兒突然叫了起來。

「啊！你們看！」

「什麼？」菲莉絲說道。

「景色啊！」

「我不想看什麼景色！」菲莉絲說道。「對不對？彼得！」

「我們走吧！」彼得說道。

「可是這和我們坐車沿海岸前進的時候，看到的風景不同呢！那時只看到海岸和砂丘，但這就像媽媽詩集中所描寫的『五顏六色的大地』一樣！」

「才不是那種無聊的玩意兒呢！」彼得說道。「你看！那個水路橋，像隻大蜈蚣似地夾在那山谷中間，眞是太美了。那座聳立在林間的教會尖塔，就像是一支插在墨水瓶裡的鋼筆一樣，多有趣啊！我覺得我們好像可以俯看到全世界一樣！」

「嗯！」貝兒說道。「總之，我們這一趟沒有白跑！」

「這一切都是撒紙遊戲的功勞！」菲莉絲說道。「如果我們沒來看這遊戲，也就不會上山了。哪！我們快走吧！等一下只要下坡就行了。」

「這不是我十分鐘之前說的話嗎？」彼得說道。

「咦？可是現在是我說的！」菲兒說道。「走吧！」

「我們有足夠的時間。」彼得說道。的確如此，當他們下到隧道口上面的平地時——依他們的估計，距隧道口約二百碼——沒看見兔子和獵犬的蹤跡。

「他們一定走了！」當他們靠著紅磚牆站立時，菲兒說道。

「我可不這麼認爲！」貝兒說道。「而且就算是這樣，這裡不也是挺好的嗎？我們常看見火車像條龍似地由洞口鑽出來，但是我們從未在隧道上看過呢！」

「哇！太棒了！」菲莉絲興奮地叫道。

這的確是很令人高興的事，他們現在與其說是站在隧道上，還不如說是站在一條橋上來得更貼切，而且還是一條長滿了花草樹木的橋。

「是啊！撒紙遊戲一定結束了。」菲兒說道。但這時候，彼得突然叫道：

「你們看！來了！」

於是，他們趕緊探頭出去，正好看見那隻兔子正急急忙忙地自隧道中竄出。

「哇！」彼得說道。「你看吧！接下來應該是獵犬！」

果然，獵犬們立即追了出來——一人、二人、三人、六人、七人——他們雖然還在跑，但看得出來都累了。接著又有兩三人自洞口跑出。

「啊！」貝兒說道。「沒了吧！接下來我們要做什麼？」

「我們到對面樹林裡吃便當吧！」菲兒說道。「那裡可以看好幾哩遠呢！」

「可是！」貝兒說道。「還有最後一個人沒出來，就是穿紅色套衫那一個，我們等他出來再走吧！」

可是，他們等了又等，卻不見那紅衣少年出現。

「我們去吃便當了吧！」菲兒說道。「我餓得肚子都痛起來了。那個穿紅套衫的人，一定是和其他人一起跑出來，所以我們才看漏了。」

因此，貝兒和彼得兩人都說，他沒有和其他人一起出來。

「我們進去隧道看看吧！」彼得說道。「那就一定能看到他在裡面跑步或是靠在避車洞裡休息。貝兒！妳在上面掩護我們，等我們到了下面給妳打信號時，妳再下來！這裡有很多樹，所以我們下去時，妳要仔細看，別看漏了！」

於是，兩人就下山了，貝兒則留在上面等下到鐵路的兩個人給她信號。接著她也小心地在雜草、樹林間穿梭，來到下面和其他兩人會合。但是他們此時仍不見那紅衣獵犬的蹤影。

「啊！拜託！讓我吃點東西吧！」菲莉絲哭著說道。「否則我要是餓死了，你們一定會後悔的！」

「眞拿妳沒法子，三明治給妳吃，然後請閉上妳那囉嗦的嘴巴！」彼得說道。「對嗎？」他回頭又對貝兒說道。「我想一人吃一個也是好的，因爲辦事也需要力氣，但是要吃一個以上就不行了。我們沒時間了！」

「爲什麼？」貝兒吞著口水問道，她也像菲兒一樣餓壞了。

「妳不懂嗎？」彼得像要特別強調似地說道。「也許那個紅衣獵犬出事了。說不定我們正在說話的時候，他已經倒在了鐵軌上，遇到了通過的快車，根本毫無招架之力……」

「哇！討厭！別把事情說得這麼可怕！」貝兒一面吃完剩下的三明治，一面說道。「來，菲兒，快點跟上來，如果火車來了，就趕快貼緊牆壁站好，要記得把裙子拉緊哦！」

「再給我一個三明治吧！」菲兒哀求道。「然後再走好嗎？」

「我先走了！」彼得說道。「因為這是我的主意！」

說著他就走了。

當然，你進去過隧道，也明白那裡面是怎麼一回事兒，但是坐火車時的隧道和用雙腳走進去的感覺可完全不同了。這一路走進去，不僅腳下崎嶇難行，而且還得隨時提防前後來車。

菲兒緊抓著貝兒的裙子，就這樣心驚膽跳地走了四十五呎遠，四周已是一片漆黑。

「我想回家了！」菲莉絲說道。「好可怕！這裡好黑哦！我不要再往裡頭走了，不管你們再怎麼說，我都不要走了！」

「不要一直廢話好不好？」彼得說道。「我有帶蠟燭碎塊和火柴啦！咦！那是什麼？」

「在那裡！」鐵軌傳來低沈的嗡嗡聲，接著他們感覺到了鐵軌的震動。那「嗡嗡」聲也隨之愈來愈大聲了。

「是火車！」

「是哪一線？」

「我要回去了！」菲兒一面試著甩脫貝兒緊握的手腕，一面叫道。

「不要這麼膽小嘛！」貝兒說道。「我們很安全的，只要緊貼著牆壁就行了！」

「來了！」數碼前面的彼得叫道。「快！避車洞！」

前進的火車，頭上冒著白色的蒸汽，發出極大的聲音奔馳而來，但因爲彼得用他最大的音量叫喊，所以貝兒還是聽見了。於是，貝兒急急拉了菲兒進避車洞。火車的聲音愈來愈大，他們覺得耳朵好像快聾了，只見那遠處的火車燈的亮度漸漸增強。

「是龍……我早就知道了……黑暗中，就是這種樣子！」菲莉絲叫道，但是沒有人聽見，因爲火車的聲音實在太大了。

接著是一串猛烈而急促的聲響，伴隨著火車的車燈，煙味及熱氣而來，火車終於全速經過了他們身邊，而後又揚長而去。菲兒和貝兒彼此緊緊擁抱。連彼得都抓緊了貝兒的手，但事後他的解釋是：「我是怕貝兒會害怕！」

那聲音逐漸遠去，變小，最後火車終於出了隧道，而洞內也恢復了平靜。

「呼！」孩子們同時鬆了一口氣。

彼得用顫抖的手把蠟燭點著了。

「走吧！」他說道。雖然聲音和平常一樣，卻不得不先清清嗓子。

「啊！」菲兒說道。「如果那個紅套衫的人在火車經過的路上……」

「快點走吧！」彼得說道。

「我不想再走了！」菲兒說道。

「妳想留在這兒等我們嗎？」貝兒嚴厲地問道。

於是，三人走進了更深的黑暗中。彼得高舉蠟燭，走在最前面，燭淚滴在他的手上和袖子上，當天晚上睡覺時，他發現自己手背到肘的地方多了一道紅線。

由他們閃避火車處向前走了不到一百五十碼，彼得忽然停下了腳步，「啊」地一聲大叫，接著又快速跑向前。二人急忙跟進，卻見彼得又停了下來。他站在他們要尋找的目的物前方約一碼處。菲兒看見一樣東西，似乎是紅色的，再定睛一看，只見那個紅衣獵犬躺在轉彎處下行線的小石頭上。他背倚著牆壁，雙手無力下垂，雙目緊閉。

「這是紅色的血嗎？他是不是被殺死了？」菲兒害怕地問道。

「被殺死？笨蛋！」彼得說道。「那是紅衣服！哪有什麼紅色的血？他只是暈了過去，但是我們該怎麼辦呢？」

「無法搬動嗎？」貝兒問道。

「不知道！他這麼高大！」

「我看用水讓他清醒如何？啊！沒有水！可是牛奶也一樣吧！一瓶牛奶就行了。」

C.S. Brock

「嗯！」彼得說道。「然後再把他的手塗溼。」

「然後再燒羽毛！」菲兒說道。

「我們沒有什麼羽毛，所以妳這話不等於白說嗎？」

「這可不見得！」菲兒大為得意地說道。「我口袋剛好就有羽毛球的羽毛，哪！」

於是彼得用牛奶擦紅衣獵犬的手，而貝兒則在他鼻端燒了一根又一根的羽毛，菲莉絲則用逐漸變溫的牛奶擦溼他的額頭。三人儘快地，並熱誠地不斷說道：一睜開眼睛吧！說話吧！拜託你！說話吧！」

# 第十二章　貝兒的傑作

「睜開眼睛吧！說話吧！拜託！說話吧！」孩子們對那雙目緊閉，臉色發青，背倚牆壁的紅衣獵犬反覆說道。

「把他耳朵也塗上牛奶！」貝兒說道。「暈倒的人都是這樣的——擦古龍水。不過牛奶也一樣！」

於是，他的耳朵上也擦了牛奶，還滴到了他脖子上。隧道中很黑。彼得帶來的那一小截蠟燭雖然立在石頭上，但對照明實在發揮不了多少作用。

「啊！睜開眼睛吧！」菲兒說道。「就算是爲了我吧！你可別死啊！」

「就算爲了我吧！」貝兒也不斷說道。「啊！別死啊！」

「爲了誰都好！」彼得說道。「醒來吧！」彼得接著又搖晃著少年的手腕說道。

突然，紅衣少年吸了一口氣，睜開了眼睛，用很微弱的聲音說道：「好的！」

「啊！他沒死！」菲兒說道。「我就知道他沒死！」菲兒高興地跳起來說道，並開始快樂地亂叫。

「什麼？我不要緊！」少年說道。

「喝這個吧！」彼得說著就將牛奶瓶湊到了少年嘴邊。

少年掙扎著，以至於牛奶灑了一些出來。

「這是什麼？」

「是牛奶！」彼得說道。「你別怕！我們是來救你的！菲兒！稍微安靜一下好嗎？」

「請喝吧！」貝兒柔聲說道。「這樣可以恢復體力！」

少年依言喝下去。三人默默地站在一旁。

「等一下就行了！」彼得喃喃說道。

「等牛奶像火一樣流進血管後，就可以恢復力氣了。」

他說得不錯。「我好多了！」少年說道。

「我記起來了！」說著就想站起來，但悶哼一聲又頹然坐倒。

「完了！我的腳一定斷掉了！」少年說道。

「是跌倒嗎？」菲莉絲問道。

「當然不是啦！我又不是小孩子！」少年生氣似地說道。「我是被這些要命的電線給絆倒了。我雖想站起來，但卻辦不到，只好坐了下來。唔！痛死我了！對了！你們怎麼會到這兒來呢？」

「我們看你們都跑入隧道後，就爬到山上看。但是看到大家都出來了，只有你還沒出現，我們於是決定進來救你！」彼得自傲地說道。

「你們眞勇敢！」少年說道。

「哪裡！沒什麼啦！」彼得故作謙虛地說道。「如果我扶你，你能走動嗎？」

「我試試看！」少年說道。

他試了試，但是他只有一隻腳可以站立，另一隻腳實在傷得太重了。

「啊！別管我了！我要死了！」少年說道。

「快走吧！快走！」少年躺了下來，又閉起了眼睛。大家在那微弱的燭光裡面面相覷。

「怎麼辦？」彼得說道。

「對了！」貝兒脫口說道。「我們可以出去求救。到最近一戶人家去。」

「不錯！只有這麼做了！」彼得說道。「就這麼辦！」

「妳抓他的腳，我和菲兒抬他的頭，把他移進避車洞裡吧！」

於是，他們開始行動，但經過這一番折騰，傷者又暈了過去。

「啊！」貝兒說道。「我留下來，你拿最長的那根蠟燭出去吧！不過動作要快，否則恐怕來不及了！」

「如果媽媽知道我把妳留下來，一定會很生氣！」彼得躊躇地說道。「還是我留下來吧！妳和菲兒出去！」

「不行！不行！」貝兒說道。「你和菲兒出去！不過你把刀子借給我好了。等他再醒來時，我就替他脫下靴子！」

「希望一切順利才好！」彼得說道。

「當然啦！一切都會很順利的。」貝兒堅強地說道。「我們實在別無他法呀！我們難道能把他一個人留在這裡嗎？不行的！快走吧！只好這樣了！」

說完，兩人急急離去了。

貝兒望著兩人黑黑的背影和蠟燭幽微的亮光，心中突然有一切都結束了的奇妙感覺，這一瞬間，她彷佛突然能領受閉居在修道院中修女的感受。忽然，她的身體顫抖了一下。

「我不該胡思亂想！」她說道。「女孩子就是這樣！」她一向很氣被稱爲「女孩子！」因爲她覺得這簡直是愚蠢的同義字。但這時候她實在是生自己的氣，所以才如此稱呼自己。

她將那蠟燭立在那紅衣少年腳邊的一塊紅磚上，接著打開了那把刀。光打開那把刀就相當困難——通常不用半便士的硬幣是辦不到的。但是現在貝兒卻用大拇指打開了，不過她手指痛極了。接著，她割斷了那少年的靴帶，打開了靴子。她想替他脫下鞋子，但是他的腳腫得很厲害，甚至都變形了，於是她不得不更加愼重，連靴子都割破。

他穿著茶色的手編襪子。她心想，是誰爲他編織的襪子呢？是他媽媽吧！她一定很爲他擔心吧！如果他斷了腳回家，他媽媽會怎麼想呢？貝兒脫下了他的襪子，看了看他受傷的腳。這時候，她覺得隧道彷彿比先前更加暗了，連地面好像都開始搖晃了，她覺得自己好像已經脫離了現實世界一般。

「笨女孩！」貝兒又罵了自己一次。然後她就覺得好些了。

「可憐的腳！」她自言自語道。「要是有墊子就好了……啊！」

她想到自己和菲兒的紅色襯裙曾被撕開，用來向火車示警，免了火車一次災難的事。今天她穿的雖是白色襯裙，但是卻和紅色的一樣鬆軟，於是她脫了下來。

「啊！法蘭絨襯裙多麼有用啊！」她說道。「應該爲發明這個的人立個銅像才對！」她大聲說道。她想，處在這種黑暗中，即使是自己的聲音也能有很大的安慰。

「你要做什麼？你是誰？」少年問道。他突然又變得十分衰弱。

「啊！」貝兒說道。「你醒來了！咬緊牙根，忍耐一下吧！」

她已經把襯裙摺好，把他的腳放了上去。於是他的腳就彷彿放在一個法蘭絨墊子上一樣。

「拜託你別再暈過去了！」由於少年又開始呻吟了，所以貝兒說道。

她又急忙用手帕沾牛奶，塗在那可憐的腳上。

「哇！好痛！」少年叫道。「哇！嗚！好了！我好多了！」

「你叫什麼名字？」貝兒問道。

「吉姆！」

「我叫貝兒！」

「那妳一定是女生囉？」

「是啊！我眞正的名字是蘿貝！」

「原來如此……貝兒！」

「什麼事？」

「剛才還有其他人吧？」

「喔！那是彼得和菲兒………他們是我弟弟和妹妹！他們去找人來把你背出去。」停了一會兒，貝兒又說：「我要是男生就好了，不是嗎？」

「這樣也很好啊！」

「我不是這個意思啦……我是說，你不覺得當男生更好嗎？」

「妳和男生一樣勇敢！爲什麼妳不和其他人一起走？」

「因爲一定要有人陪你啊！」貝兒說道。

「謝謝妳！貝兒！」吉姆說道。「妳眞好！握握手吧！」說完，他就伸出手，貝兒緊緊地握住了。

「不能搖晃你的手！」她解釋道。「一旦搖動了手，那你也會搖動，這麼一來，就會動到你那可憐的腳，那你一定會很痛。對了！你有沒有帶手帕？」
「我想應該沒有！」他把手伸進口袋。「啊！有！要做什麼？」
只見她把手帕沾上牛奶，敷到了他的額上。
「這樣很好！」他說道。「那是什麼？」
「是牛奶！」貝兒說道。「因爲沒有水！」
「妳眞是一個很棒的護士！」吉姆說道。
「我也常常這樣照顧媽媽！」貝兒說道。「當然不是用牛奶啦！是用香水或醋。啊！我得把蠟燭吹熄了。我們只剩下一根，恐怕也不夠出去了。」
「好厲害！」他說道。「妳什麼都想到了。」
貝兒吹了一口氣，蠟燭就滅了。
於是，四周的黑暗立刻像黑色天鵝般籠罩過來，你很難想像吧！
「貝兒！」黑暗中響起了一個聲音。「妳怕黑嗎？」
「唔……唔……是啊！」
「握著我的手吧！」少年說道。這是他的親切之處。因爲像他這種年紀的男生，都很討厭牽手或親吻等物質性的愛情表現。他們認爲這樣很矯揉作態，令人尷尬。
由於手被那紅衣少年給握住了，貝兒對黑暗也就不再那麼害怕了。而握住了她溫暖的小手後，他很驚訝自己居然並不如想像中排斥握手這一回事兒。她說什麼，都能令他覺得愉快，也較能令他忘記疼痛。

但在黑暗中持續說話是如此困難，所以不久之後，二人都陷入了沈默。只剩下「不要緊吧！貝兒！」或是「你不會很痛吧！吉姆！我眞擔心！」等問候，偶爾打破沈默。

而且天氣又那麼冷。

＊

彼得手持蠟燭，和菲莉絲通過長長的隧道，往光亮處走去。一路上倒沒發生什麼特別的意外。只是菲兒被一條電線給絆倒了，給劃了一道長長的傷口，而她那老是鬆脫的鞋帶也添了她不少麻煩。

「這個隧道會不會沒有盡頭呢？」菲兒說道——事實上它也的確是很長。

「加油！」彼得說道。「總會走完的，只要繼續走，總會走出去的！」

的確如此。在遭遇困難的時候——出麻疹時、做算術時、受騙時、被某人討厭時、覺得沒人愛時、連自己都不喜歡自己時——想到這一點，會很有幫助的。

「萬歲！」彼得突然說道。「那裡就是隧道的盡頭了，妳看那像不像用針戳破了黑紙上一個洞！」

針孔愈來愈大——隧道外有青朗的亮光，孩子們現在已經看見那一條碎石路。

空氣變得溫暖又香甜。再走二十步，他們就已經出了隧道，置身在陽光下，兩旁盡是綠色的草木。

菲兒深吸了一口氣。

「只要我活著，就絕不再進去隧道裡。」她說道。

「即使有兩兆個紅衣獵犬在裡面斷了腳。」

「少說廢話！」彼得仍如往常一般說道。「我們還得繼續趕路呢！」

「我眞偉大！眞勇敢！」菲兒說道。

「是！」彼得說道。「妳眞勇敢，我們可以走了吧！最近的人家在哪裡？這兒全是樹。」

「那裡有屋頂！」菲兒指著鐵路前方說道。

「那是號誌所！」彼得說道。「在工作中，不能跟號誌人員說話，那很不好。」

「連進隧道這麼不好的事你都敢做了，你還怕什麼？」菲兒說道。「走吧！」說完，她就沿著鐵路跑了過去，彼得只好跟了上去。

兩人被太陽曬得發熱，好不容易才到了目的地，他們又熱又喘，上氣不接下氣。他們由窗口叫道：「午安！」但是沒有回音。於是，兩人自半開的門向裡面張望，只見號誌員正靠在椅子上打瞌睡呢！

「啊！」彼得大叫道。「起來！」號誌員在執勤中睡覺是一件很危險的事，火車可能因而發生意外，所以這一件事要是傳了出去，對他的職位有很大的影響。彼得深知這一點，所以才膽敢大聲嚷嚷。

但是號誌員卻仍一動也不動，於是彼得衝上前去把他搖醒，這下子他終於睜開了眼睛，但他一醒來就跳了起來。

事後，據菲兒的說法是：「一個頭變得很奇怪的人，好像很生氣似的。」

「哇！完了！現在幾點了？」

「十二點十三分！」彼得說道。這當然是因爲他看了牆上的白時鐘才知道的。

號誌員看了看時鐘，撲向槓桿，把那東西移來移去。電動鈴響了起來——電線和曲軸咯吱咯吱作響，號誌員又頹然坐回了椅子。他臉色鐵青，汗如雨下，毛茸茸的大手顫抖著，接著他又長嘆了一口氣。後來他忽然大聲說道：「救救我！誰能救救我！」他兩肩劇烈聳動著，滿臉通紅，並用他的大手遮住了臉。

看樣子，他似乎有了大麻煩了，因此孩子們也有好長一段時間不敢作聲。這時候，號誌員掏出了手帕，擦拭自己的臉，而火車也發出隆隆的聲音遠去了。

「我眞羞愧！眞的！」說著他就像個孩子似地哭了起來。接著他又突然發怒了。「你們在這裡做啥？」他說道。「這裡是不准進來的！」

「唔！我們知道不該進來，但我們若不進來，事情恐怕更糟呢！您說對不對？」

C.E. Brock

「也對！如果你們不進來的話……」說到這兒他停了一下，接著又開始像先前一樣。「我眞慚愧！竟在執勤中睡著了，要是讓別人知道了……」

「我們不會告訴別人的！」彼得說道。「我們不愛打小報告，不過你不可以在工作時睡覺哦！太危險了！」

「總之，請你別把這件事說出去吧！我這五天都沒睡好覺，因爲我孩子生病了，醫生說是肺炎……所以我必須照顧他。請你替我保守這個秘密吧！」

「當然！你別擔心！」彼得說道。

菲兒並沒把號誌員說的話放在心上，她所在意的是另一件事。

「好了！現在該我說了！」她說道。

「在對面那個隧道裡，有一個紅衣少年，他的腳斷了。」

「你們爲何要跑進隧道裡？」號誌員問道。

「你別生氣哦！」菲兒柔聲說道。「我們除了到這兒把你叫醒之外，並沒做什麼壞事，那件事也只是偶然發生的！」

然後，彼得就說明少年爲何要進入隧道。

「原來如此！」號誌員說道。「但我也不知該怎麼辦，因爲我不能離開號誌所。」

「那麼，除了號誌所之外，還有哪兒有人呢？」菲兒問道。

「那裡有人！就是那個從林間冒出煙的地方。」號誌員很介意菲兒也知道今天的事，因而顯得不太高興。

「好的！再見！」

可是，號誌員說道：「等一下！」接著他把手伸進口袋，掏出錢，拿了二先令要給他們。

「來！」他說道。「這個給你們，別把今天的事說出去哦！」

這一瞬間，氣氛變得十分尷尬。

「伯伯眞是討厭！」菲兒說道。

彼得向前跨了一步，揮開了他的手，於是那硬幣就由手中滾落到地板上。

「我本來不打算告訴別人，但是你這麼做，我決定要說出去了。」說著彼得就氣鼓鼓地走了出去。「菲兒！我們走！」他叫道。

菲兒遲疑了一會兒，而當他將地上的硬幣拾起時，菲兒開口了。

「我原諒你了！」她說道。「雖然彼得不原諒你！伯伯！你一定是很擔心，所以才會這麼做。媽媽說過要體諒別人的心情。我祝你的孩子早日康復！」

「菲兒！快走了！」彼得叫道。

「我發誓我們不會說出去的，你親我一下，我們和解吧！」菲兒覺得雖然不是自己的錯，但還是願與對方談和，因而也頗爲自豪。

號誌員腰彎了下來，親了她一下。

「的確是我不好，小姑娘！」他說道。「快走吧！我也祝福你們的事一切順利。」

＊

菲兒離開炎熱的號誌所後，就隨彼得到那戶炊煙裊裊的農家了。

當農家的男人們拿著擔架，跟著彼得和菲兒到隧道的避車洞時，貝兒早就睡著了，吉姆也睡著了。可能是因爲又痛又累吧！後來醫生說道。

「你家在哪裡？」將吉姆放上擔架後，農場管理員問道。

「尼沙巴藍多！」貝兒說道。

「我要去美伊敦橋的學校。」吉姆說道。「請你們無論如何都要送我過去！」

「我想先請大夫看看比較好！」管理員說道。

「啊！把他送到我家去吧？」貝兒說道。

「沿道路直走就到了。媽媽一定也會這麼做的！」

「妳是說，把一個斷了腳的陌生人送去妳家，妳媽媽一點都不會介意？」

「以前她自己就曾經把一個可憐的俄國人帶回家！」貝兒說道。「所以，她一定不會反對的！」

「好吧！」管理員說道。「如果妳確知妳母親的想法，那就最好了。因爲我們若沒事先徵求我們母親的同意，也實在不方便貿然把傷者帶回去。」
「妳母親不介意嗎？」吉姆低聲問道。
「當然啦！」貝兒說道。
「那麼就把他送去三煙囪屋子吧！」管理員說道。
「好的！」
「那我叫我兒子騎自行車去請大夫吧！好了！用力把他抬起來！一、二、三！」
這時候，母親正好啪地一聲地打開了書房的門，就看見貝兒連帽子也沒戴，雙頰泛紅地跑了進來。
「啊！媽媽！」貝兒叫道。「快下來！我們在隧道裡找到了紅衣獵犬。因爲他腳斷了，所以我們把他帶回來了。」
「那要送到獸醫那兒去才行！」母親說道。「狗的腳斷了，要先醫好才成！」
「不是眞的狗啦……是一個男生！」貝兒差點笑岔了氣地說道。
「那應該送他回家，讓他媽媽照顧他啊！」
「她媽媽死了！」貝兒說道。「而他爸爸又在尼沙巴藍多。啊！媽媽！妳會對那個孩子很親切吧？因爲我告訴他，媽媽一定會歡迎他的！媽媽隨時都會幫助任何人的吧？」
母親微笑著嘆了口氣。孩子相信助人爲快樂之本是一件好事，但眞正實行起來，有時還眞是挺麻煩的。

「嗯！是啊！」母親說道。「我會儘量照顧他的！」

當吉姆臉色慘白、嘴唇青紫地被送達時，母親說道：

「歡迎你來我們家！吉姆！在醫生未來之前，你先上床休息一會兒吧！」

吉姆就看見了母親溫柔的眼神。於是他感受到了溫暖的慰藉，也湧出了新的勇氣。

「眞抱歉！給您添麻煩！我等一下如果又暈了過去，請不要認爲我膽小，我實在不是故意要暈倒的。」

「別擔心！」母親說道。「好好休息吧！可憐的孩子！」

接著下來，母親就像親吻彼得一樣親了那少年，說道：「歡迎你來我們家，是不是啊？貝兒！」

「嗯！」貝兒說道。她看了看母親的神色，更加確定了自己的做法沒有錯。

# 第十三章　獵犬的爺爺

母親這一天，再也沒機會回書桌前寫故事。因爲她必須照料孩子們帶回來的那一位紅套衫獵犬。雖然醫生來了，但是他的腳仍是疼得厲害。不過這段時間裡，母親一直在身旁照料，所以他才覺得稍微好過些。

孩子們在樓下喝茶時聽到了醫生的靴子走向寢室的聲音，而後又聽到了一、二聲的呻吟。

「好可怕！」貝兒說道。「希望夫雷司特醫生動作快一點。啊！可憐的吉姆！」

「好可怕！」彼得說道。「不過也很令人感到興奮。我眞想進去房間，看醫生在做什麼。我很想看醫生怎麼把他的腳接合。我想他的腳一定已不成樣子了！」

「閉嘴！」兩個女孩兒同時說道。

「膽小鬼！」彼得說道。「連骨頭碎得不成樣子的話都不敢聽，虧妳在回家的路上，還說妳想當紅十字的護士呢，在戰場上，不只是骨頭斷掉而已，還有更可怕的呢！受傷的人可能全身是血，還有……」

「住口！」貝兒臉色蒼白地叫道：「不許你再嘲笑我！」

「我也是！」菲兒說道。她的臉已脹成了紅色。

「膽小鬼！」彼得說道。

「才不是呢！」貝兒說道：「你被耙子弄傷的時候，還不是我幫媽媽替你包紮的，對不對？菲兒！」

「哦？這麼說，」彼得說道：「妳是不怕啦？那我每天就講三十分鐘什麼骨折、受傷、流血啦給妳聽，好讓妳趁早習慣！」

接著他就在椅子上動來動去。

「妳聽！」彼得說道：「這就是骨頭碎掉的聲音。」

「我求你別說了！」菲兒說道：「貝兒一定也不喜歡聽。」

「我偏要說！」彼得說道。彼得今天爲什麼會做得這麼過火，我也不大明白。也許是他現在每天都得扮演好孩子的角色，所以現在想來點變化吧！也就是說，他想叛逆一下。人常常都會有這種想法。當了好長一段時間的好孩子，有時候會突然想狂暴一番，這是人之常情。

「我爲什麼不能說！」彼得說道。「那個可憐的孩子，躺在那兒不能動，任由醫生擺佈。這時候要是有人去壓住他的腳，一定會咯吱咯吱作響！唉呀！多可怕呀！」

「討厭！」菲兒說道。

可是，貝兒突然說道：「好吧！我們來玩吧！現在，我是醫生，菲兒是護士，你就是骨頭斷掉的人。因爲你沒穿裙子，腳可以隨便放。」

「我去拿夾板和繃帶，」彼得說道：「你們去準備病人的擔架。」

搬家時，綑箱子用的繩子，全都放在地下室的木箱中。彼得拿了一段繩子，又拿了二塊板子充當夾板進了屋內。菲兒興奮得咯咯笑個不停。

「來吧！」他說著便做出一副痛苦的表情，呻吟著躺到長椅上。

「不要叫得那麼大聲！」彼得躺在椅子上，貝兒一面用繩子綁他的腳，一面說道：「拉緊！菲兒。」

「別綁那麼緊！」彼得呻吟道。「我另一隻腳也斷了！」於是，貝兒又默默地替他纏上了繩子。

「這就成了！」彼得說道。「我完全不能動了！啊！可憐的腳！」他又呻吟道。

「眞的不能動了？」貝兒用奇怪的聲音問道。

「眞的完全動不了！」彼得說道。「我的血滴答滴答地流著！」他快活地說道。

「隨你愛怎麼說吧！」貝兒交叉著雙臂，俯看躺在椅子上，綑得像粽子的彼得說道。

「我和菲兒要到別的地方去了，等你答應不再說些傷啦、血啦！等噁心的話的時候，再放開你。走吧！菲兒！」

「妳心眞壞！」彼得掙扎著說道。「我才不答應呢！我要大叫，把媽媽叫來！」

「請便！」貝兒說道。「這麼一來，媽媽一定會問你怎麼一回事。走吧！菲兒！不是我們壞心，彼得！因爲我們怎麼求你，你都不肯住口，所以……」

「喂！」彼得說道。「這麼說，妳們是串通好要來騙我的，太過份了！」

貝兒和菲兒什麼也沒說地昂然離開了，剛好在門口遇見了醫生。醫生搓著雙手，一副很滿意的樣子。

「啊！」醫生說道。「這樣就行了，因爲只是簡單的骨折，所以不會有什麼問題的，這個男孩子身體很好。咦？那是什麼？」醫生看見了那像老鼠般，被靜靜綁在長椅上的彼得。

「玩犯人遊戲嗎？」醫生問道。他揚了揚眉毛，因爲他認爲他在樓上爲其他人接骨時，貝兒不該玩這種遊戲。

「不是啦！」貝兒說道。

「不是犯人，我們是在玩接骨遊戲，彼得是骨折的人，我是醫生。」

「我是護士！」菲兒高興地說道。

醫生的臉色變了。

「妳說什麼？」醫生說道。

「這個遊戲太無情了。妳們知道二樓發生了什麼事嗎？妳們可以想像嗎？那個可憐的孩子，額上冒著豆大的汗珠，咬緊嘴唇，竭力忍著不叫出聲音……」

「可是，那時候……」菲兒說道。

「噓！」貝兒說道。「對不起！可是我們不是無情。」

「我也認爲妳很無情！」彼得怒道。「好了！貝兒！放開我吧！她這樣綁住我，只因爲我提到血，受傷什麼的。我是想把她們訓練成紅十字的護士罷了，所以她們叫我別說了，我還是一直說。」

「所以？」醫生說著彎下腰來。

「所以……我說：『骨頭咯吱咯吱作響！』貝兒討厭我這麼說，但我不肯停，所以她就想了這個詭計騙我，把我綁了起來。明明是故意要讓我在醫生面前出醜嘛！」

「我們又沒打算把這件事告訴別人！」貝兒忿怒說道。「而且我也沒想到醫生會進來啊！我只是氣他胡說八道，才把他綁起來，根本不是想把這件事當作笑話來講！算了！彼得！我把你放開好了！」

「如果妳再這麼多廢話！」彼得說道。「那妳還是不要解開繩子好了。」

「如果我是你，」醫生說道。「我會希望她在母親下樓之前把我放開。在這個時候，你總不希望母親再操心吧！」

「我可沒答應不提受傷、流血的事哦！」

當貝兒和菲兒爲彼得解開繩子時，他繃著臉說道。

「對不起！彼得！」貝兒一面解開繩子，一面說道。「但我心情實在太壞了。」

「不管我說什麼，妳們都不愛聽！」彼得反駁道。

他拂去解開後落在身上的繩子，站了起來。

「我要走了！」醫生說道。「你們誰要和我去一趟診所呢？彼得你來好嗎？」

彼得不和姊妹說半句話，連看都不看她們一眼，就隨醫生走了。

兩人默默地出了門。

「我幫你拿皮包吧！哇！好重！裡面裝了什麼？」不久彼得說道。

「啊！有刀子、聽診器及所有病人可能會用到的東西，還有乙醚，可以有麻醉的作用。」

彼得沈默了下來。

「告訴我，你們爲何會發現那個孩子？」醫生說道。

彼得說完後，醫生稱讚他是個勇敢的孩子。就如同彼得以往的感覺一樣，和醫生談話十分愉快。不久後到了診所，彼得把玩著醫生的顯微鏡、天平、眼鏡等物，等醫生準備好要他帶回去的東西。但是當彼得要回去時，醫生突然說道：

「也許是我多事，但我有話要告訴你！」

「是吵架的事吧！」彼得心想。

「是關於科學的事。」醫生補充說道。

「好的！」彼得把玩著醫生的鎮紙和貝類化石說道。

「很好！」醫生說道：「男人由於必須工作，所以要強壯勇敢，有什麼都不怕的精神。可是女人由於要照顧小孩，養育小孩，所以她們要溫柔體貼，而且有很大的耐力。」

「是啊！」彼得一面答道，一面想著醫生接下去還要說些什麼。

「男人和女人是如此，小男生和小女生也是一樣。我們會愈來愈強壯、勇敢——（彼得喜歡『我們』這個說法，他很樂意成為醫生的同伴），可以傷害別人的東西，不見得傷得了我們，所以我們要保護女生……」

「我也是這麼想！」彼得說道。

「即使是自己的姊妹也是一樣，因為女生總是比我們柔弱，這是天生的。」醫生補充說道。「女性天性溫柔，對嬰兒很有好處，即使在動物之間，母親也總是比較溫順，不會互相爭鬥，這你知道嗎？」

「知道！」彼得很有興趣地表示。「把雄兔放在一起，一天之內就會打了起來，而雌兔卻不會這樣。」

「不錯！即使野生動物也是如此——像獅子和大象——牠們對雌性動物都非常溫和，所以我們也應該如此。」

「是的！」彼得說道。

「還有，」醫生又說道：「她們的心臟也比較衰弱。一些我們毫不在意的事，卻會對她們造成很大的傷害。因此男生就不得不特別謹慎，連說話都要注意到用語，因爲男人雖勇敢，但總難免比較遲鈍。」他說道。

「你想想看，貝兒和那個可憐的男生留在隧道裡，這不是一件很奇妙的事嗎？女性平常是如此柔弱，但是在關鍵時刻，卻能鼓足勇氣，做出令人刮目相看的事。我還知道另一個勇敢女性，那就是你媽媽！」醫生說到這兒停了下來。

「嗯！」彼得說道。

「啊！我要說的話到此爲止，你明白我的意思吧！」

「嗯！」彼得說道。「眞對不起！」

「那就好！」醫生說道。「人就是這一點最可貴——一點就通。再見啦！」

兩人心照不宣地握了握手。

彼得回到了家中，姊妹都狐疑地望著他。

「和解吧！」彼得把籃子放在桌上說道。「醫生告訴我有關科學的事。我想我沒必要告訴妳們我聽到了什麼，反正妳們也不會懂。不過因爲妳們女生很柔弱，所以我們男人只好多忍耐。醫生說妳們是雌性呢！妳們把這拿給媽媽吧！或是我拿去？」

「我知道什麼叫做男人！」菲兒氣得滿臉通紅說道。「就是又髒，又邋遢——」

「很勇敢！」貝兒說道。「不過那是偶爾。」

「唔！妳是在說二樓那個男生吧！好吧！妳再說吧！菲兒……不管妳怎麼說，我都會忍耐，反正妳們都是既可憐，又柔弱……」

「我要抓你的頭髮，看你還說不說！」菲兒說著就撲向了彼得。

「彼得不是說要和好了嗎？菲兒！」貝兒說著就把菲兒拉開了。「妳不明白嗎？」當彼得提起籃子，悄悄離開時，貝兒說道：「雖然我也認爲他很可惡，不過我們還是應該向他說對不起！」

「他太狂妄了！」菲莉絲氣憤不已地說道。「竟說我們是雌性哩！過份！」

「我們雖不服氣，但是還是要做出平靜的樣子！」貝兒說道。

不久，彼得回來了。

貝兒對他說道：「剛才把你綁起來，眞是對不起！彼得！」

「知道就好！」彼得高傲地說道。

要忍下這一口氣眞是很難，但是——

「嗯！」貝兒說道。「我們應該尊重彼此的榮譽！」

「那我們和解吧！」彼得說道。

「嗯！和解了！」貝兒說道。「來吧！菲兒，喝茶吧！彼得，把桌巾拿來！」

「好的！」菲兒說道。但她真的變得心平氣和，是在喝完茶之後，洗杯子的時候。「夫雷司特先生該不會眞的說我們是雌性動物吧？」

「他眞的說了！」彼得乾脆地說道。「可是他說我們男人也是野獸！」

「好奇怪哦！」菲兒說著不小心打破了一個杯子。

＊

「我可以進來嗎？媽媽！」彼得站在書房門口問道。這時候母親桌上點了兩根蠟燭，因此房裡亮著橘紅色的光。

「可以！」母親答道。「什麼事？」母親又寫了幾個字後，放下了筆，開始把寫的東西摺好。

「我正在寫信給吉姆的爺爺，他就住在這附近！」

「嗯！喝茶時他有提過。爲什麼一定要寫信呢？媽媽！不能讓吉姆留在這裡，等他好了再讓他回家嗎？這樣他家人就不會知道了。也比較不會擔心啊！」

「哦！是嗎？」媽媽笑著說道。

「是啊！媽媽！」彼得繼續說道。「女孩子雖然也很好，但是有時候，我也希望有男生陪我聊天！」

「不錯！」母親說道。「也許你會覺得無聊，可是這也沒法子。明年送你去上學好嗎？你想去吧？」

「我沒有其他的朋友，所以覺得很寂寞！」彼得乾脆明說。「我想，如果吉姆腳復元之前都能留在我們家，那一定很有趣！」

「原來你是這麼想！」母親說道。「雖然這也不是不可以，可是，彼得！我們家沒有錢，沒有辦法買那孩子想要的東西給他，而他又一定要請護士照顧。」

「媽媽不行嗎？媽媽不就很會照顧病人嗎？」

「多謝你的誇獎，可是，彼得……我無法既照顧他，又寫故事，這是最困難的地方。」

「那麼，您還是一定要寫信給他爺爺？」

「是啊！還要寫給學校的老師。給雙方都打過電話後，還要再給他們寫信。我想他們一定很擔心！」

「對了！媽媽……若是他爺爺肯出錢請護士呢？」彼得提議道。「這樣就可以了吧！上了年紀的人都很有錢，書裡面的老爺爺都是這樣！」

「可惜這不是書裡面！」母親說道。「所以你最好不要有這種期待。」

「啊！」彼得快樂地說道。「如果媽媽把我們都寫成書裡面的人物，那不是很有趣嗎？這樣就可以發生很多好玩的事，吉姆的腳馬上就可以復元，明天就可以行動自如了，爸爸也可以立刻回來了……」

「爸爸不在，你很寂寞嗎？」母親問道。彼得覺得她語氣有些冷漠。

「很寂寞！」彼得簡短答道。

母親在第二封信上簽了名。

「哪！」彼得繼續緩緩說道。「不只是因爲爸爸不在啦！現在這個家裡面，就只有我一個男生，所以我才很希望吉姆留下來。媽媽您會不會眞的寫一本以我們爲主角的書，然後讓爸爸立刻回來呢？」

彼得的母親忽然握住了他的手，沈默了一會兒後說道：「可是，你不覺得神所寫的那部書更是奇妙嗎？我寫的書也許會有錯，但是神卻知道怎樣才是最好的結局！」

「妳眞的這樣相信嗎？媽媽！」彼得靜靜地問道。

「是的！」母親說道。「我相信！我一直都這麼認爲！啊！彼得！把這兩封信拿去寄吧！不要難過。勇氣是最高的美德，我們都要勇敢！我想，吉姆應該還會留在這兒兩三個禮拜。」

這一天晚上，彼得的表現實在太像是一個天使了，以致於貝兒幾乎要以爲他是不是生病了。所以，隔天早上，當彼得又恢復了本性，把菲兒的頭髮綁在椅背上時，貝兒反倒鬆了一口氣。才剛吃過早餐，就響起了敲門聲。孩子們爲了紀念吉姆的到來，正忙著擦拭那黃銅的燭台呢！

「一定是醫生！」母親說道。「我去開門，把廚房門關上吧！」

可是不是醫生。大家由那走上二樓的鞋子聲和腳步聲就可以知道。他們雖不能由那腳步聲聽出來者是何人，但卻可以肯定，這個人以前一定來過。

過了許久，但那腳步聲卻仍不曾下樓來。

「究竟是誰？」他們不斷彼此詢問著。

「會不會是有人來轉告媽媽，說醫生今天休假或有事不能來呢？妳說是不是這樣呢？維尼夫人！」

「有可能！」維尼夫人在廚房裡說道。

「會不會醫生的老毛病發作，又昏倒了。他以前就曾經這樣，那個人可能就是來告訴媽媽這個消息的。」

「笨蛋！」彼得很快地說道。「若是這樣，媽媽幹嘛還帶他進吉姆的房間？啊！開門！下來了！我們開一點門看看！」

「我這可不是偷聽！」彼得爲了怕貝兒責備他，連忙說道。「我只是想看看是誰罷了。」

「貝兒！」母親喚道。

於是，他們打開了廚房的門，母親站在樓梯上，手扶著欄杆。

「吉姆的爺爺來了！」她說道。「把手、臉洗一洗，上來打招呼。他說他想見你們！」

母親說完，臥室的門又關了起來。

「是嗎！」彼得說道。「我倒沒想到這點！給我熱水好嗎？維尼夫人！我的帽子和妳一樣，都成了全黑的了！」

三人都髒兮兮的，因爲他們剛才爲了找燭台，已弄得全身滿是灰塵。

他們都忙著用肥皂和毛巾把自己洗乾淨，卻聽到那腳步聲已下了最後一級階梯，並且進了餐廳。孩子們此時雖然都還溼答答的，但已經洗得很乾淨了。要全部弄乾還要很長的時間，但他們已經迫不及待了，於是他們就這樣進了餐廳。

母親坐在窗邊，而坐在爸爸以前常坐的那架安樂椅上的人，竟是……

天啊！竟是那位老紳士！

「哇！太令人吃驚了！」彼得連「早安！」都忘了說，就先冒出了這一句話。

「是我們的老紳士！」菲兒說道。

「啊！是伯伯！」這時候大家終於想起了禮貌，於是都規規矩矩地說了一聲「早安！」

「這位是吉姆的爺爺，××先生！」母親唸出了老紳士的名字。

「哇！太棒了！」彼得說道。「這不就像小說一樣嗎？媽媽！」

「是啊！」母親微笑著說道。「有時候眞的會發生像小說裡一樣的故事！」

「竟然是伯伯！我眞的太高興了！」菲兒說道。「世界上有那麼多老紳士，但是吉姆的爺爺卻剛好是伯伯您！」

「可是，」彼得說道：「您不會把吉姆帶走吧！」

「由於你母親很親切地挽留他住下來，所以我想請一個護士來這裡可能比較好，可是你母親說她願意自己照顧他……」

「可是，這樣一來，寫故事的工作怎麼辦？」彼得以誰都來不及阻止的速度說道。「媽媽若不寫書，吉姆就沒東西吃了。」

「那不要緊的！」母親焦急地說道。

老紳士很慈祥地望著母親。

「很好！」他說道。「妳相信孩子，什麼話都告訴他們，這是很好的！」

「這當然！」母親說道。

「那麼，我就說說我的計畫吧！」他說道。「你們的媽媽，就先暫停寫書，充當我們醫院的護士長如何？」

「咦？」菲兒問道。「那她不是得離開這兒，到別的地方去嗎？」

「不是的！好孩子！」母親說道。

「醫院是指這一間三根煙囪的房子。」老紳士說道。「而我們吉姆就是一位住院傷患，而你母親就是護士長，在吉姆復元之前，負責照顧他。」

「那媽媽是否可以繼續寫書呢？」彼得問道。

「怎麼說呢？」老紳士很快地看了貝兒一眼就明白了。

「這樣恐怕會太累吧！」

「我喜歡寫書！」母親急忙說道。

「我知道了！」老紳士說道。「希望您不要覺得我是有意打擾，這種事誰都無法預料的。我會再來看我孫子，不知您是否歡迎？」

「當然啦！」母親說道。「我才要感謝您容許我照顧這麼可愛的孩子呢！」

「他晚上都會叫媽媽！媽媽呢！」菲兒說道。「我有兩次醒來都聽見。」

「您是不是因爲如此，才想讓他留在這裡呢？」母親用低低的聲音對老紳士說道。

老紳士微笑著站了起來。

「好棒！」彼得說道。「吉姆可以留下來了！媽媽！」

「要好好珍惜媽媽！孩子們！」老紳士說道。「你們媽媽是萬中選一的女性！」

「眞的嗎？」貝兒小聲地說道。

「祝妳好運！」老紳士握著母親的雙手說道。「祝妳好運！咦！我的帽子呢？貝兒！妳可以送我到門口嗎？」

老紳士停在門邊說道。

「妳是好孩子……我收到信了。我讀了當時妳爸爸那件事的報紙，我自己也有疑問。後來，我知道了你們是誰，事情也就更明白了。現在我們還不能有什麼行動，只能存著一絲希望……希望。」

「啊！」貝兒嘆了一口氣。

「還有，要繼續保密！妳不希望媽媽難過吧？」

「可是，我一定沒有錯！」貝兒說道。「您一定也這麼認爲吧！我在寫信時，心裡就這麼想。這一定不是個錯誤的期望吧？」

「是啊！」他說道。「我也不認爲這是錯誤的。若非如此，我也不會和妳說了。總之，我希望妳一定要記得，心中要懷抱著希望。」

「那麼，您是不認爲爸爸做了壞事囉？啊！拜託您！不要這麼想吧！」

「好孩子！」他說道。「我的確相信他沒做！」

即使這種期望是不對的，這個希望仍舊光輝，溫暖了貝兒的心。接下來的幾天內，貝兒的小臉蛋都閃耀著如太陽般的光輝。

# 第十四章　結語

那位老紳士來探望過他孫子後，三根煙囪屋子的生活產生了很大的變化。現在，孩子們已經知道了老紳士的名字，雖然他們用不到。對他們而言，老紳士永遠都是老紳士，所以我們還是一樣稱呼他老紳士好了。

如前所述，三煙囪屋子的生活有了很大的改變。寇克和梅多都很親切，他們告訴母親，目前已不大需要維尼夫人的幫忙了。於是維尼夫人現在一週只來兩次，幫他們洗熨衣服。還有柯拉和艾沙也說，家事由他們來做就行了。也就是說，孩子們不需要再端茶、收拾、洗茶杯、打掃房間等了。

這時候，孩子們不用再做家事了，按理說，應該有更多的餘暇才對，其實不然。因為現在母親既不用做家事，也不用寫作了，因此有時間可以督促他們唸書。唸書對孩子們而言，是一件不得不作的苦差事。不論老師多好，唸書總是不如其他事來得有趣。

但另一方面，母親除了有空教他們讀書之外，也有空陪他們玩了。於是他們又如往常一般，有母親為他們寫小詩了。自從搬到三根煙囪屋子之後，母親一直沒時間寫詩。

關於讀書，還有一個很奇怪的現象。孩子們不論當時正在讀什麼，總是會想做另一件事。像彼得在學拉丁語時，就會覺得，若能像貝兒那樣讀歷史，不知該有多好。而貝兒也一樣在那時候就會覺得比較想和菲兒一樣做算術。菲兒當然也不例外，她覺得彼得學的拉丁文著實有趣哩！

這一天，當他們坐下來讀書時，發現自己桌上各放了一首短詩。顯然母親已經察覺到他們的心情，所以才各送他們一首詩。詩當然是以孩子們說話的形式寫成，三首詩如下——

## 彼得

凱撒什麼的，能輕易辦到的事
換了我彼得去做
應該也不費吹灰之力吧！
雖然看過凱撒的演講稿
但是卻不知道上面寫些什麼？
啊！動詞什麼的　又有什麼用？
我寧可去記王位的年號！

## 貝兒

所有的功課中　最討厭的是
哪個王即位　哪個女王登基
誰又做了什麼事
只記年號　又有什麼用？
一看到年號　心裡就難受
若能做算術　該有多好！

## 菲兒

把蘋果全部放在地板上
總共有幾個？
數字亂七八糟　寫得凌亂不堪
終於知道了答案

如果我能學拉丁語
萬歲萬歲萬萬歲！

這麼一來，讀書當然也變得有趣些了。教書的人應該要知道，讀書對孩子而言，並非易事，而孩子之所以不懂該學的東西，是因爲他沒學過，而不是因爲愚笨。

另一方面，吉姆的腳也好些了。上了二樓，坐在他旁邊，聽他說學校生活及其他男孩的事也十分有趣。吉姆把一個叫做伯爾的男生批評得一文不值，而他最尊敬的，則是一個叫做威司比的男孩子。還有叫做培利的三兄弟，最小的一個叫做培利．達茲，常和他吵架。

彼得很喜歡聽這些事，母親好像多少也有一點興趣。

吉姆教彼得玩一些遊戲，於是兩人就經常坐著靜靜地玩耍。

＊

可是隨著吉姆腳傷的日漸痊癒，貝兒、彼得和菲兒漸漸有不知該如何讓他高興的困擾。不只是遊戲，要想出一些讓他開心的點子可有多難啊！

「不行了！」當大家左思右想，覺得頭都快想破了的時候，貝兒說道：「如果眞的想不出取悅他的辦法，那就算了吧！順其自然，讓他喜歡的事自然發生吧！」

「就算不勉強去想，有時也會自然發生的！」菲兒附和地說道。

「好像沒什麼事發生，」貝兒夢囈似地說道：「沒有什麼比較令人興奮的事。」

然而，她所說的令人興奮的事，眞的在四天後發生了。

這時候，孩子們幾乎已經不再是鐵路之子了。這種日子一天天地過去，他們漸漸地感到不安。這一天，菲兒說：「我們沒有去鐵路，它不會寂寞嗎？」菲兒悲傷地說道。

「最近我們都沒去了！」

「唉！」貝兒說道。「我也很想念鐵路呢！」

「帕克司常問我吉姆怎麼了。」彼得說道。「還有，他說號誌員孩子的病也好了。」

「我說的不是人！」菲兒說道。「是鐵路啦！」

「我覺得很寂寞！」貝兒在那第四天的星期二時說道。「我們好久沒向九點十五分揮手，跟爸爸問候了。」

「那我們再去吧！」菲兒說道。於是孩子們就去了。

自從家裡有了傭人，母親不再寫書後，日子就完全改變了。那個第一個早餐，他們起得好早，把水壺燒壞了，吃蘋果派當早餐，第一次見到鐵路的日子，距今好像已十分遙遠了。

又到了九月，通往鐵路的草地斜坡，那上面的草都乾枯了，像金色的針一般立在地上。

貝兒順手摘了一些野花，她心想，這些花若是放在蓋在吉姆腳上那條綠色、粉紅色的毛毯上，一定很美。

「快點！」彼得催道：「否則就趕不上九點十五分了！」

「別趕得這麼急嘛！」菲兒說道：「哇！糟了！我的鞋帶又掉了。」

「妳結婚時，」彼得說道：「走在教堂的通道上，鞋帶可別又掉了，害妳結婚的對象一腳絆倒，跌歪了鼻子，這樣可結不成婚啦！最後就成了老姑婆！」

「才不會呢！」菲兒說道：「與其不結婚，我倒寧可和跌歪鼻子的人結婚。」

「可是和鼻子跌歪的結婚也不好啊！」貝兒說道：「結婚典禮時若聞不到花香，那還有什麼意思呢！」

「哎呀！還說什麼結婚典禮的花！」彼得叫道：「啊！號誌下降了，要用跑步了！」

大家開始快跑，最後終於能趕上向九點十五分揮手致意，這時也顧不了手帕是否乾淨了。

「請向爸爸問好！」貝兒叫道。其他兩人也大聲叫道。

「請向爸爸問好！」

那位老紳士也由一等車廂的車窗向他們揮手。這並不稀奇，因爲以往也一直是如此。但是現在不同的是，每個窗口都有手、手帕或報紙伸出，拚命朝他們揮舞。列車隆隆地經過，經過時，鐵軌下的小石頭咻咻地翻滾，孩子們面面相覷。

「咦！」彼得說道。

「吔！」貝兒說道。

「唔！」菲兒說道。
「怎麼一回事？」彼得問道。但並不期待答案。
「不知道！」貝兒說道。「那位老紳士也許在火車站告訴大家，請大家看到我們時揮揮手，好讓我們高興！」
其實這件不可思議的事情是這樣的：這位在車站廣受尊敬的老紳士，這天早上很早就下了車，站在剪票口旁，對每個經過的人都說了一些話。乘客們聽了他的話之後，都覺得又驚訝，又有趣，又疑惑，又快活，但大家最後答應了。
而這些人上車後，又把老紳士的話告訴原本就坐在火車上的人，大家都非常興奮。於是當火車經過三個孩子所在的柵欄前方時，大家都發狂似地把手伸出窗戶，揮動手中的報紙或手帕。對孩子們而言，火車這時好像眞的活了起來，在向他們問候著哩！
「眞是怪事！」彼得說道。
「眞奇怪！」菲兒說道。
但是貝兒卻說：「你們不覺得老紳士的揮手方式和以前不同嗎？」
「嗯！」兩人同意道。
「我在想喔！」貝兒說道：「他們手上拿的報紙會不會是想向我們說明些什麼呢？」
「說明什麼？」彼得問道。雖然也不無可能。

「唉！我也不明白！」貝兒答道。「我只是有一種很奇怪的感覺，覺得好像有什麼事情要發生了。」

「發生的事情，」彼得說道：「就是菲兒的鞋帶又鬆掉了！」

由於找不到答案，所以孩子們只好帶著一團疑慮回家。

＊

今天讀書時，貝兒顯得更加心不在焉。連四十八磅肉和三十六磅的麵包，分給一百四十四個飢餓的孩子吃，每人可吃多少這種簡單的除法都算不出來，貝兒自己也覺得很可恥，而母親尤其擔心。「哪裡不舒服嗎？」母親問道。

「我也不知道！」貝兒不加思索地答道自己到底是怎麼回事。

「媽媽！我不是偷懶！我可不可以今天一天不要讀書？我只是想自己一個人靜一靜。」

「唔……那好吧！」母親說道。

貝兒的石板掉到了地上，以致於從中裂開，再也無法恢復原狀了。但貝兒竟顧不得把石板撿起，只見她像逃命般地奔了出去。母親跟出去把她抓住了。

「到底怎麼啦？好孩子！」母親說道。「是不是心情不好呢？」

「我也不知道！」貝兒有點喘息似地答道。「我只想一個人靜一靜。我的頭覺得很奇怪，而且肚子好像也不大正常。」

「要不要去躺一下？」母親撫著貝兒的頭髮問道。

「我到院子裡就會好多了！」貝兒說道。

但是她並沒有留在院子裡。院子裡百花盛開，彷彿都靜靜地期待什麼事情發生。貝兒再也無法等待了。

「去車站吧！」她想。「去找帕克司聊天，也可以順便問問那號誌員孩子的事情。」

於是她就往車站走去。當她經過郵局時，那位阿姨緊緊擁抱住貝兒，吻了她一下，貝兒正自訝異，她又說道：「真是上帝保佑……」接著又說：「啊！快去吧！」

布店的兒子也一反平常無禮的態度，說道：「早安！小姐！我也……」

正在看報的鐵匠，神情也很奇怪。他不像平常那樣微笑，而是一反常態地大笑。

當貝兒經過他身旁，向他道早安時，他揮舞著手中的報紙說道：「早安！小姑娘！今天看起來精神很好哦！」

「啊！」貝兒自言自語道。她的心跳開始加速。「發生了什麼事？一定有事！大家都很奇怪，我好像在做夢似的！」

站長熱烈地握著她的手，事實上，他是像握住幫浦的把手一般，把她的手上下搖晃，但是他卻不說明他這麼熱絡打招呼的原因。他只說道：「十一點五十四分的列車稍微誤點了。小姑娘——我現在要去處理一件特別的行李。」說著站長就走進了他那聖殿也似的房間，而她卻不能也跟進去。

她找不到帕克司，只好一個人孤零零地站在月台上等候。還好那兒還有一隻貓陪她。那貓居然也不像往常一樣看到她就跑，而且當她撫摸那貓的背時牠還喵喵叫，彷彿很高興。

「啊！」貝兒蹲下來向貓說道。「今天大家都很好……連你也一樣，小貓咪！」

直到十一點五十四分的信號響起，帕克司都沒有出現。不久，他終於和今天早上的其他人一樣，拿著報紙出現了。

「唷！」他說道。「妳在這裡啊！如果是這班車就太棒了！我看過報紙了，有生以來，我就屬這一次最高興！」接著又說：「別板著臉！小姑娘！這種日子裡是不能生氣的哦！」接著他就親了親貝兒，先是一邊的臉頰，然後再換另一邊。

「妳生氣了嗎？」帕克司擔心地問道。「是不是我太過分了？可是在這種日子裡……」

「唔！」貝兒說道。「當然不是覺得你太過份啦！帕克司先生！我一向都把你當成自己的伯伯一樣啊！可是……這種日子，是什麼意思呢？」

「這種日子！」帕克司說道。「就是指報紙上的事啊！」

「你在報上看到了什麼？」貝兒問道。可是這時，十一點五十四分已經冒著白色的蒸汽，開進了車站，於是帕克司又被站長喚去工作了。

於是，貝兒又一個人被留在月台上，那小貓則抬起牠那金色的眼睛看著她。

你應該猜到是怎麼回事兒了吧！可是貝兒的腦筋轉得沒有你快。她很疑惑，如身在夢中一般，心裡彷彿在期待著什麼，但卻又無法清楚地說出來。只覺腦筋一片空白，昏昏沈沈地，身體有一種空虛感，就好像沒吃晚飯一樣。

只有三人下了十一點五十四分這班列車。第一個人是提著二個大箱子的鄉下女人。第二個是食品店老板娘的妹妹，手上還拿了三個茶色的紙包。第三個人是——

「啊！爸爸！爸爸！」

這尖叫聲彷彿利刃般劃過每個人的胸膛，以致於每個人都由窗口探頭張望。卻只見一個高大蒼白，嘴唇緊閉的男人，身旁有一個小女孩，緊緊地抱住了他的腳，不久，那男人也用手緊緊摟住了那個女孩。

＊

「我就知道有什麼好事發生了！」貝兒邊走邊說。「可是，我不知道是這件事，啊！是爸爸！爸爸！」

「哦！那媽媽還沒收到我的信嗎？」父親問道。

「早上的信還沒有到。啊！爸爸！眞的是爸爸嗎？」

貝兒緊緊地握住他的手，要確定這是眞的。

「妳先一個人進去，貝兒！然後平靜地告訴媽媽，說已經沒事了！壞人被抓了，大家都知道，犯法的人不是爸爸了！」

「我一直都相信不是！」貝兒說道。「我和媽媽，還有老紳士！」

「嗯！」爸爸說道。「媽媽在寫給我的信裡有提過他，說他幫了我們家很多次忙。還有妳，我可愛的女兒，妳是多麼乖巧懂事啊！」兩人此時都稍微停下了腳步。

兩人越過了原野，然後貝兒進了家門，她眞想向大家大喊：「憂愁、苦難、別離都已經結束了，爸爸回來了！」但一想起爸爸的叮嚀，話到了嘴邊又吞了回去，但她一時又不知該說些什麼，於是只好怔怔地站在那裡看著大家。

而父親進了院子，靜靜地等待著，他欣賞著花。這一段日子以來，他觸目所及盡是雜草，現在能看到花眞恍若奇蹟。但他的目光立刻轉移到了屋子，於是他走到了最靠近院子的那一個門前。燕子在院子裡盤旋，一到寒冷的冬季，燕子就會飛往溫暖的國度。這也正是孩子們爲之做巢的燕子。

門開了，貝兒的聲音喚道：「請進！爸爸！進來！」

爸爸進去後，門又再度關上了。

〈全書終〉

國家圖書館出版品預行編目資料

鐵路邊的孩子／伊迪絲・內斯比特／著；楊玉娘／譯 --
二版 -- 新北市：新潮社文化事業有限公司，2022.06
面； 公分
譯自：THE RAILWAY CHILDREN
ISBN 978-986-316-829-4（平裝）

873.59 111004194

**鐵路邊的孩子**

伊迪絲・內斯比特／著

楊玉娘／譯

【策 劃】林郁
【企 劃】天蠍座文創
【出 版】新潮社文化事業有限公司
電話：(02) 8666-5711
傳真：(02) 8666-5833
E-mail：service@xcsbook.com.tw

【總經銷】創智文化有限公司
新北市土城區忠承路 89 號 6F（永寧科技園區）
電話：(02) 2268-3489
傳真：(02) 2269-6560

印前作業 菩薩蠻、東豪印刷事業有限公司

二 版 2022 年 07 月